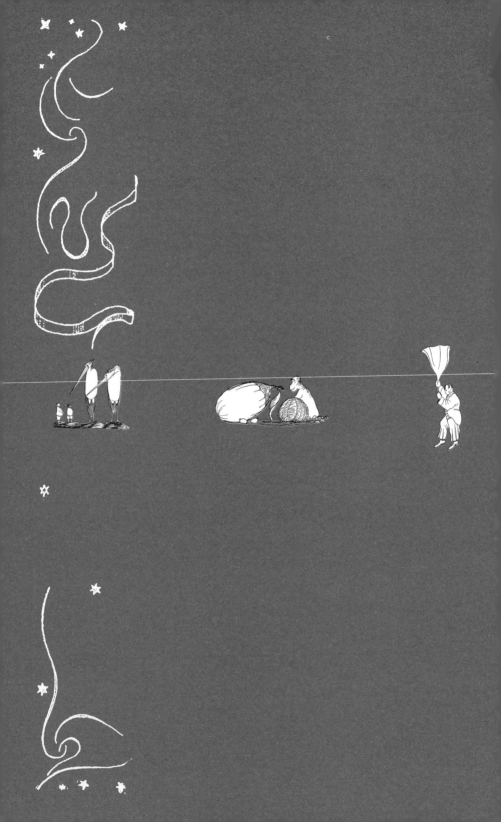

Doctor Dolittle in the Moon

Doctor Dolittle in the Moon

둘리틀 박사의 모험 8

둘리틀 박사의 달 여행

1판 1쇄 펴냄 2018년 4월 20일
1판 2쇄 펴냄 2020년 5월 25일

지은이 휴 로프팅
옮긴이 임현정

주간 김현숙 | **편집** 변효현, 김주희
디자인 이현정, 전미혜
영업 백국현, 정강석 | **관리** 오유나

펴낸곳 궁리출판 | **펴낸이** 이갑수

등록 1999년 3월 29일 제300-2004-162호
주소 10881 경기도 파주시 회동길 325-12
전화 031-955-9818 | **팩스** 031-955-9848
홈페이지 www.kungree.com | **전자우편** kungree@kungree.com
페이스북 /kungreepress | **트위터** @kungreepress
인스타그램 /kungree_press

ⓒ 궁리출판, 2018.

ISBN 978-89-5820-520-3 04840

둘리틀 박사의 모험 8

둘리틀 박사의 달 여행

Doctor Dolittle in the Moon

휴 로프팅 지음 | 임현정 옮김

궁리
KungRee

일러두기 |

이 책은 『Doctor Dolittle in the Moon』(J. B. Lippincott Company, 1928)을 우리말로 옮긴 것입니다.

차례

→ 1장 ←

새로운 세계에 착륙하다

　나, 그러니까 습지 옆 퍼들비에 사는 구두 수선공인 제이컵 스터빈스의 아들이자 존 둘리틀 박사님의 조수로 일하는 토미 스터빈스는 막상 우리가 달에서 겪은 모험 이야기를 쓰려고 하자 굉장히 난감해졌다. 매일매일이 분주하고 온갖 신나는 일로 가득했던 몇 주 동안의 일을 샅샅이 기억해 내는 건 결코 쉬운 일이 아니다. 물론 내가 박사님을 위해 수많은 메모를 하고 그 정보들을 낱낱이 기록해서 책을 펴내긴 했다. 그 정보는 대부분 과학적인 것들이었다. 하지만 우리의 달 모험담은 과학자가 아닌 일반 독자를 대상으로 한 이야기이다 보니, 이 점이 나를 난처하게 했다.

　왜냐하면 이야기는 다양한 관점에서 할 수 있기 때문이다. 사람들마다 여행에 대해 알고 싶은 게 다 다른 법이다. 난 지프에게 도움을 받을 수 있을 거라고 생각했다. 난 내가 쓴 이야기 몇 장을 먼저 지프에게 읽어 준 다음 어떻게 생각하느냐고 물었다. 그런데 지프는 우리가 달에서 쥐를 본 적이 있는지에만 관심이 있었다. 난 지프에게 답할 수 없다는 걸 깨달았다. 쥐를 한 마리라도 봤는지 기억나지 않았기 때문이다. 그래도 쥐가 몇 마리쯤은 있었을 거라고, 아니면 쥐처럼 생긴 동물이 분명히 있었을 거라고 확신한다.

거브거브에게도 물었다. 녀석은 우리가 먹은 야채의 종류에 대해 주로 알고 싶어 했다.(대브대브는 내게 코웃음을 치며 거브거브에게 묻다니 대체 뭘 기대한 거냐고 말했다.) 난 어머니께도 여쭤 보았다. 어머니는 속옷이 다 해졌을 때 어떻게 했는지, 그곳 생활 환경은 어땠는지 꼬치꼬치 물었지만 난 어느 하나 속시원하게 대답하지 못했다. 다음으로 매슈 머그 씨에게 갔다. 매슈가 알고 싶어 한 건 어머니나 지프의 질문보다도 더 어려운 것이었다. 달에는 가게가 있니? 달에 사는 개하고 고양이는 어떻게 생겼니? 선량한 동물 먹이 장수는 달이 퍼들비나 런던의 이스트엔드와 별다를 바 없는 곳이라고 상상하는 것 같았다.

대부분의 사람들이 달의 어떤 점을 가장 궁금해 하는지 알아보려고 한 내 시도는 별 쓸모가 없었다. 난 사람들의 궁금증을 하나도 해소해 줄 수 없었다. 그때, 박사님의 조수로 고용되길 바라면서 박사님의 집에 처음 찾아왔을 때 다정한 앵무새 폴리네시아가 나에게 "넌 눈썰미가 좋니?"라고 물은 게 생각났다. 난 항상 눈썰미가 좋다고 생각했다. 하지만 이젠 내 눈썰미가 형편없다는 생각이 든다. 우리의 여행 이야기가 일반 독자들의 흥미를 끌기 위해 내가 봐 뒀어야 했던 것들을 하나도 보지 못한 듯했기 때문이다.

두말할 것도 없이 관심이 문제였다. 사람의 관심은 버터와 비슷하다. 몇 가지에 관심을 두는 건 괜찮지만 관심의 폭이 너무 넓은 건 별 쓸모가 없다. 동시에 너무 많은 것에 관심을 갖다 보면 결국은 다 기억하지 못하는 법이다. 달에 있는 동안 우리가 겪은 일이 내 눈과 귀, 머리가 모두 받아들일 수 없을 만큼 많다 보니 내가 제대로 기억하는 게 한 가지라도 있다는 사실이 놀라울 정도다.

달에 대한 이야기를 쓸 때 내게 가장 많은 도움을 준 건 자마로 범블릴리, 우리를 달로 데려간 거대한 나방이었다. 하지만 이 책 작업을 시작할 즈음 녀석은 내 근처 어디에도 없었다. 결국 난 지프나 거브거브, 어머니, 매슈 등 다른 이들이 알고 싶어 하는 것들보다는 내 소신껏 이야기를 써 내려가는 게 좋겠다고 생각했다. 어차피 이야기는 미완성으로 끝날 것이다. 내가 할 수 있는 일은 기억을 최대한 되살려 그 커다란 곤충의 넓은 등에 쿵쿵 뛰는 우리의 심장을 밀착한 채 빛나는 달의 풍경 위를 맴돌던 순간부터 한 걸음 한 걸음 나아가는 것뿐이다.

그 나방은 우리가 착륙한 지역을 샅샅이 알고 있는 게 분명했다. 나방은 일단 계획을 세운 다음 빙빙 돌다가 널찍한 날개가 달린 몸을 움직여 언덕으로 둘러싸인 작은 계곡으로 찬찬히 향했다. 아래로 내려갈수록 평평하고 마른 모래로 뒤덮인 계곡 바닥이 보였다.

언덕의 특이한 생김새는 단번에 우리 눈길을 사로잡았다. 모든

슝! 펄쩍 뛰었다.

산에는 한 가지 공통적인 특징이 있었다. 희미한 초록빛 속으로 보이는 산들 중에 훨씬 더 높은 산이 낮은 산 뒤로 우뚝 솟아 있었는데 산꼭대기가 죄다 밑바닥이 잘린 컵 모양이었다. 박사님은 나중에 내게 그 산들이 사화산이라고 말했다. 그곳 산의 거의 모든 봉우리가 한때는 불꽃과 용암을 뿜었지만 지금은 차갑게 식은 채 죽어 있었다. 바람과 날씨, 시간에 쓸리고 닳아서 신기한 모습으로 변한 화산도 있었다. 날아온 모래에 완전히 묻히거나 반쯤 덮여서 본연의 모습을 거의 잃은 화산도 있었다. 그 모습을 보자 거미원숭이 섬에서 봤던 '속삭이는 바위들'이 생각났다. 물론 풍경이 여러 면에서 다르긴 하지만 전에 한 번이라도 화산을 본 사람이라면 이 산들을 화산이 아닌 다른 것으로 착각할 수는 없었다.

우리가 향하는 길고 협소한 계곡에는 생명체, 즉 풀이나 동물의 흔적이 보이지 않았다. 우린 신경 쓰지 않았다. 최소한 박사님은 말이다. 박사님은 나무를 본 적이 있었으므로 얼마 지나지 않아 물과 식물, 동물을 발견할 거라 믿고 있었다.

나방은 땅에서 6미터 정도 높이까지 내려오자 스르르 날개를 편 다음 거대한 연처럼 사뿐히 모래에 착륙했고, 처음엔 폴짝폴짝 달리다가 속도를 서서히 늦추더니 마침내 멈춰 섰다.

우리가 달에 착륙한 것이다.

이때쯤 우리는 새로운 대기에 어느 정도 적응한 상태였다. 그런데 박사님은 본격적으로 탐험에 나서기 전에 새로운 대기와 환경에 좀 더 익숙해질 수 있도록 지금 이곳에서 잠시 쉬었다 가자고

이 용감한 나방에게 부탁하는 게 좋겠다고 생각했다.

나방은 박사님의 청을 기꺼이 받아들였다. 사실 나방은 잠깐 숨을 돌릴 수 있게 되자 기뻐하는 것 같았다. 존 둘리틀 박사님은 자신의 짐 어디선가 비상 휴대 식량으로 아껴 둔 초콜릿을 꺼냈다. 우리 넷은 허기진 데다 새로운 환경에 너무나 큰 경외감을 느낀 나머지 한 마디 말도 없이 침묵 속에서 초콜릿을 우걱우걱 먹었다.

빛은 쉴 새 없이 변했다. 그 모습을 보자 북극광이 떠올랐다. 위쪽의 산을 쳐다보다가 잠깐 고개를 돌린 후 다시 보면 아까는 죄다 분홍색이었던 게 이젠 초록색으로 보였고 보라색이었던 그림자는 장밋빛으로 보이는 것이었다.

숨을 쉬는 건 여전히 힘들었다. 그래서 우리는 '달꽃'을 수중에 가지고 있어야 했다. 달꽃은 나방이 가져다준 커다란 오렌지색 꽃이었는데 우리는 그 꽃에서 나는 향기(또는 가스) 덕에 달과 지구 사이의 공기 없는 지대를 지날 수 있었다. 달꽃과 너무 오래 떨어져 있으면 어느 순간엔가 재채기가 날 것만 같았다. 그래도 우린 어느새 새로운 대기에 적응해 가고 있었고 곧 모두가 달꽃 없이도 숨을 쉴 수 있게 되었다.

중력 역시 우리를 어리둥절하게 했다. 일단 앉았다가 일어설 때 전혀 힘이 들지 않았다. 걸을 때는 근육을 전혀 움직일 필요가 없었다. 하지만 폐는 아니었다. 가장 놀랐을 때는 위로 뛸 때였다. 발목을 이용해서 아주 조금만 뛰어도 정말 멋지게 공중으로 날아올랐다. 모두들 숨만 제대로 쉴 수 있다면 우리를 사로잡은 이 붕 뜬

치치는 냄새만 맡고도 먹어도 괜찮은지 알아냈다.

느낌을 만끽했을 것이다.(박사님은 심장에 어떤 영향을 줄지 모르기 때문에 이 문제에 아주 신중하게 접근해야 한다고 생각했다.) 나는 나방의 등에서 내린 다음 노래를 흥얼거리면서(입안을 한가득 채운 초콜릿 때문에 멜로디가 또렷하지 않긴 했지만) 언덕과 계곡을 경중경중 뛰어다니며 이 새로운 세계를 탐험하고 싶어 했던 게 기억난다.

난 우리에게 기다리라고 한 박사님의 지시가 굉장히 현명했다는 생각이 든다. 박사님은 속삭이는 듯한 목소리로(대기가 희박한 곳에서는 그렇게 해야 한다는 걸 깨달았다.) 우리 모두에게 지금은 몸에서 달꽃을 한시라도 떼면 안 된다는 명령을 내렸다.

달꽃은 가지고 다니기 거추장스러웠지만 우리는 박사님의 지시에 따랐다. 이젠 사다리 따윈 필요 없었다. 나방의 등에서 땅까지는 8미터나 됐지만 살짝 뛰기만 해도 쉽고 편안하게 내려올 수 있었다. 슝! 펄쩍 뛰었다. 이제 우린 낯선 세상에서 모래 속을 걷고 있었다.

2장

색깔과 향기의 땅

생각해 보면 이 새로운 세상에 첫발을 내디뎠을 당시 우리 일행은 참으로 기묘한 조합이었다. 하지만 여러 면에서 특별히 훌륭한 조합이었다. 일단 폴리네시아가 있었다. 폴리네시아는 가뭄, 홍수, 화재, 혹한 등 그 어떤 고난 속에서도 살아남을 것 같은 새였다. 물론 내가 폴리네시아의 적응력이나 인내심을 과장했을 수도 있다. 하지만 난 지금도 그 놀라운 새가 죽는 상황이 머릿속에 그려지지 않는다. 폴리네시아는 일주일에 두세 번 무슨 씨앗이든 코딱지만큼이라도 먹고 물 한 모금만 마실 수 있다면 먹을 게 좀 모자라거나 맛이 없어도 군말 없이 아주 즐겁게 지내곤 했다. 그리고 치치가 있었다. 치치는 음식에 관한 한 그렇게 쉽게 만족하는 성격이 아니었다. 하지만 모자란 게 있으면 언제나 스스로 구할 능력이 있었다. 내가 아는 한 치치만큼 훌륭한 식량 사냥꾼도 없었다. 모두가 배를 곯고 있으면 녀석은 낯선 숲속으로 들어갔고, 야생 과일과 열매의 냄새만 맡고도 먹어도 괜찮은지 알아내곤 했다. 존 둘리틀 박사님조차 녀석이 어떻게 그걸 아는지 몰랐다. 사실 치치 자신도 몰랐다.

그리고 바로 나다. 난 과학적 자질은 없지만 자연사 탐험을 떠났을 때 훌륭한 조수가 되는 법을 배웠고 박사님이 연구하는 방식도 잘 알고 있었다.

그리고 박사님이 있었다. 낯선 곳의 비밀을 캐내기 위해 길을 나서는 자연학자들 중에 존 둘리틀 박사님과 같은 소양을 가진 사람은 없었다. 박사님은 먼저 나서서 뭔가를 안다고 주장하는 법이 없었다. 박사님은 늘 아이 같은 순수한 마음으로 새로운 문제를 대했는데 이런 마음가짐 덕에 쉽게 배울 수 있을뿐더러 다른 사람들이 잘 가르쳐 주기도 했다.

실제로 우리 조합은 기묘했다. 과학자들 대부분이 우리를 보고 분명히 코웃음을 칠지도 모르겠다. 하지만 우리에겐 다른 탐험대에는 없는 매력적인 점들이 많았다.

늘 그렇듯이 박사님은 처음부터 시간을 허투루 쓰지 않았다. 다른 탐험가들이라면 일단 깃발부터 꽂고 국가를 부른 다음 작업에 착수했겠지만 존 둘리틀 박사님은 달랐다. 박사님은 우리 모두가 준비됐다는 걸 확인하자 그 즉시 출발 지시를 내렸다. 그리고 치치와 난(내 어깨에 앉은 폴리네시아와 함께) 말없이 박사님을 따라

박사님은 나침반을 가져왔다.

걷기 시작했다.

우리가 달에서 보낸 처음 몇 시간 동안 난 꿈속에 있는 것 같은 느낌을 떨칠 수 없었다. 안 그래도 중력의 영향으로 몸이 가벼워져 허공을 걷는 듯한 느낌이 드는데 거기에 우리가 그 누구도 발을 디딘 적 없는 새로운 세계를 걷고 있다는 사실까지 더해지자 난 매 순간 누군가가 이건 꿈이 아니라고, 넌 제정신이라고 말해 주면 좋겠다는 생각이 들었다. 그런 이유로 나는 특별히 할 말이 없는데도 박사님이나 치치, 폴리네시아에게 계속 말을 걸었다. 하지만 입을 열고 들릴 듯 말 듯하게 속삭일 때마다 내 목소리가 이상하게 울려서 이 모든 경험이 꿈 같다는 생각이 더 커지는 것이었다.

어쨌든 우리는 조금씩 조금씩 그곳에 익숙해져 갔다. 수많은 낯선 광경이 우리 마음을 사로잡은 건 물론이었다. 풍경의 색깔이 쉴 새 없이 바뀌는 바람에 우리는 갈피를 잡을 수 없었고 결국 방향 감각을 완전히 잃고 말았다. 박사님은 주머니에 들어갈 만큼 작은 나침반을 가져왔다. 우리는 나침반을 참고하려 했지만 나침반은 우리보다 더 정신이 없는 듯했다. 바늘이 미친 듯이 뱅글뱅글 돌 뿐, 아무리 멈추려 해도 멈춰지지 않았다.

나침반으로 방향 찾는 걸 포기한 박사님은 달 지도와 자신의 시력, 방향 감각에 의지하기로 했다. 박사님은 산 저쪽 끝에서 본 나무 방향으로 향하고 있었다. 하지만 그곳의 산들은 모양이 죄다 엇비슷했다. 그런 면에서 지도는 아무런 쓸모가 없었다. 우리 뒤

쪽에 지도에서 본 듯한 산봉우리들이 눈에 띄었다. 하지만 앞쪽에
는 지도와 일치하는 게 하나도 없었다. 결국 우리는 우리가 지구
인들이 한 번도 본 적 없는 달의 반대편으로 향하고 있다는 걸 더
욱더 확신하게 됐다.

박사님은 이곳이 지구라면 발이 푹푹 빠져서 걷기가 굉장히 힘
들었을 모래 위로 가볍게 성큼성큼 걸으면서 말했다. "스터빈스,
십중팔구 달의 반대쪽에만 물이 있을 거야. 우주인들이 여기 물이
있을 거라고 절대 믿지 않은 이유 중 하나지."

난 기이한 풍경에 온통 관심이 쏠린 나머지 박사님이 말할 때까
지 이곳의 기온이 아주 온화하다는 사실을 깨닫지 못했다. 존 둘
리틀 박사님은 견딜 수 없을 정도로 덥거나 북극보다도 더 추운
혹한과 맞닥뜨릴까 봐 걱정했다. 하지만 익숙지 않은 대기로 인한
어려움만 뺀다면 기후는 이보다 더 좋을 수 없었다. 부드러운 바
람이 계속 불어왔고 기온은 거의 일정하게 유지되는 것 같았다.

우리는 눈에 띄는 발자국이 있는지 사방을 둘러보았다. 그때까
지는 달에 어떤 동물이 있는지 전혀 몰랐다. 아무리 특이한 발자
국이라도 척척 알아맞히는 치치마저 발이 푹푹 빠지는 모래 때문
에 아무런 감도 잡을 수 없었다.

이런저런 냄새가 났는데 대부분이 마음에 드는 꽃향기로, 앞쪽
에 보이는 산의 저편에서 바람을 타고 온 것이었다. 가끔은 굉장
히 불쾌한 냄새가 기분 좋은 향기와 섞여서 나기도 했다. 하지만
나방이 우리에게 가져다준 달꽃에서 나는 향기 말고는 우리가 아

달에서는 폴짝폴짝 뛰는 게 정말 쉬웠다.

는 향기는 하나도 없었다.

　산줄기를 넘고 또 넘어 수킬로미터나 갔지만 박사님이 봤다는 그 나무는 우리 눈에 띄지 않았다. 물론 산을 타는 건 지구에서 여행할 때와 비교하면 전혀 힘들지 않았다. 펄쩍펄쩍 통통 튀면서 올라가기도 하고 내려가기도 하니까 하나도 힘들지 않았다. 하지만 우리는 많은 짐을 가져왔고, 모두 무거운 짐을 진 상태였다. 두 시간 반쯤 걷자 기운이 빠지기 시작했다. 그러자 폴리네시아가 먼저 앞으로 날아가서 정찰해 보고 오겠다고 자원했지만 박사님은 그러지 말라고 했다. 웬일인지 박사님은 우리 모두가 당분간은 뭉쳐 다니기를 원했다.

　하지만 30분쯤 더 걸은 다음 박사님은 폴리네시아에게 시야에서 사라지지 않는다는 전제하에 높은 곳으로 올라가서 나무가 어디 있는지 찾아봐도 좋다고 허락했다.

3장

갈증

폴리네시아가 하늘로 솟아오르는 독수리마냥 우리 머리 위로 곧장 쭉 올라가는 동안 우리는 잠깐 보따리 위에 앉아 쉬었다. 폴리네시아는 300미터쯤 올라가서 멈추더니 빙빙 돌았다. 그러고는 다시 천천히 내려왔다. 폴리네시아를 지켜보던 박사님은 녀석의 속도에 점점 초조해 했다. 난 박사님이 폴리네시아가 우리에게서 멀어지는 걸 왜 그렇게 꺼리는지 이해할 수 없었지만 물어보지는 않았다.

폴리네시아는 그 나무를 보긴 봤는데 아무래도 꽤 멀리 떨어져 있는 것 같다고 말했다. 박사님이 폴리네시아에게 다시 내려오는 데 왜 그렇게 오래 걸렸냐고 묻자 폴리네시아는 길 안내를 잘 하기 위해 자신의 위치를 계속 확인하느라 그랬다고 말했다. 실제로, 다른 보통 새들이 그렇듯, 폴리네시아는 우리가 어느 방향으로 가야 할지 정확히 알고 있었다. 그래서 우리는 더 편안하고 자신 있는 상태로 다시 출발했다.

그런데 알고 보니 폴리네시아가 상공에서 가늠한 나무까지의 거리가 실제 거리보다 훨씬 짧았다. 우리가 착각한 건 두 가지 정도 이유 때문이었다. 첫 번째는, 나중에야 알게 되었지만, 부드럽고 희미한 빛에도 불구하고 달의 대기 상태 때문에 모든 게 실제보다 가까워 보인다는 사실이었다. 또 다른 이유는 우리가 그 나무가 지구에 있는 나무들과 비슷한 크기일 거라고 지레짐작해 무의식적으로 보통 크기의 참나무나 느릅나무에 맞춰 거리를 가늠했던 것이다. 그런데 실제로 나무에 다다랐을 때 우리는 그 나무가 상상도 할 수 없을 만큼 거대하다는 걸 알게 됐다.

난 그 나무를 절대 잊지 못할 것이다. 그 나무는 우리가 달에서 경험한 첫 번째 생물이었다. 마침내 우리가 나무 아래에서 발걸음을 멈췄을 때 마침 어둠이 몰려오고 있었다. 여기서 어둠은 기묘한 황혼녘을 말하는데, 우리가 달에서 지내 본 결과 그때가 밤과 가장 가까운 때였다. 내 짐작으로 나무는 키가 적어도 90미터는 넘고 몸통 둘레도 12미터에서 15미터는 족히 될 것 같았다. 나무의 모습은 굉장히 묘했다. 전체적인 형태는 지금까지 내가 본 어떤 나무와도 달랐다. 그렇다고 해도 그걸 나무가 아닌 다른 걸로 착각할 수는 없었다. 어떻게 설명해야 할까? 그 나무는 마치 살아 있는 것 같았다. 나무를 본 치치는 뒷덜미에 난 털이 곤두설 정도로 겁을 내서 그 나뭇가지 아래에 천막을 치기 위해 녀석의 도움이 필요했던 박사님과 나는 한참 동안이나 녀석을 설득해야 했다.

우리 일행은 확실히 뭔가에 억눌린 채 달에서 첫 밤을 보낼 채비를 했다. 아무도 우리를 짓누르는 게 뭔지 몰랐지만 분명히 모두 다 이 불안한 느낌을 자각하고 있었다. 바람은, 달에서 부는 바람이 항상 그렇듯, 부드럽고 일정하게 불었다. 사물의 윤곽이 보일 정도로 빛이 환했지만 밤 내내 지구는 보이지 않았고 반사되는 빛도 없었다.

우리가 짐을 풀고 저녁 식사를 위해 남은 초콜릿을 꺼내는 동안 박사님은 머리 위로 뻗어 있는 이상한 나뭇가지들을 불안하게 쳐다보고 있었다.

나뭇가지가 움직이는 건 바람 때문이었다. 그건 의심할 여지가 없었다. 바람은 매우 규칙적이고 일정하게 불고 있었다. 그런데 가지들의 움직임은 전혀 일정하지 않았다. 이상한 건 바로 그 점이었다. 나무들은 땅에 발이 묶인 동물처럼 스스로 움직이는 듯 보였다. 하지만 아직 확신할 수가 없었는데 어쨌든 바람이 계속 불고 있었기 때문이다.

게다가 나무가 흐느끼는 소리를 냈다. 집에 있을 때도 바람에 나무들이 우는 소리가 들리긴 했다. 하지만 이건 그것과는 달랐다. 얼굴로 느껴지는 규칙적이고 일정한 바람으로 인해 나는 소리가 아닌 것 같았다.

심지어 노련하고 세상 물정에 밝은 폴리네시아조차 당황해서

그 나무는 내가 본 어떤 나무와도 달랐다.

박사님은 불안하게 위를 쳐다보고 있었다.

혼란에 빠진 게 분명했다. 폴리네시아는 나무 때문에 적잖게 당황했다. 나무와 바람을 느끼는 새의 감각은 사람의 감각보다 훨씬 예민하다. 나는 폴리네시아가 나뭇가지 사이로 과감하게 들어가 보길 바랐지만 폴리네시아는 그러지 않았다. 그리고 숲이 제집 같은 치치였지만 지금은 낯선 이 나무의 신비를 파헤쳐 달라는 우리의 부탁을 거절할 게 뻔했다.

저녁 식사를 해치운 후 박사님은 내게 몇 시간 동안 기록 작업을 시켰다. 새로운 세계에서 보낸 첫날이라 기록할 게 많았다. 기온, 바람의 방향과 힘, 우리가 도착한 시각(가장 가까운 추정치), 대기압(박사님은 달에 작은 기압계도 가져왔다.) 그리고 보통 사람들에겐 재미없지만 과학자들에겐 매우 중요한 다른 많은 것들.

난 아무리 작고 사소한 것이라도 내가 받은 느낌을 전부 기억할 수 있는 기억력이 있었으면 하고 바라곤 했다. 예를 들면 달에서 처음 깼을 때를 정확히 기억하고 싶었다. 우리 모두는 흥분한데다 끊임없이 움직인 탓에 너무 피곤한 나머지 잠자리에 들자마자 곯아떨어졌다. 난 잠에서 깬 다음 그 자리에서 10분 동안 운동을 한 기억밖에 없다. 그런데 만약 존 둘리틀 박사님이 나보다 먼저 일어나서 손에 읽을거리를 든 채 가져온 도구들 사이로 돌아다니고 있는 걸 몰랐다면 그것마저 할 수 없었을 것 같다.

우리에게 당장 필요한 건 음식이었다. 아침으로 먹을 게 그야말로 하나도 없었다. 박사님은 나방 등에서 서둘러 내린 걸 후회하기 시작했다. 우리는 나무를 보자마자 새로운 세계를 탐험하겠다며 무작정 나방 등에서 내렸지만, 몇 시간이나 지났는데도 아직까지 동물들의 발자국을 전혀 찾지 못한 상태였다. 나방과 상의하려면 왔던 길을 돌아가야 하는데 너무 먼 길인 데다 나방이 아직까지 그곳에 머물러 있을지 역시 확신할 수 없었다.

어쨌든 우린 먹을 게 필요했기에 식량을 찾아 나서기로 했다. 모두 함께 야영을 위해 풀었던 짐을 서둘러 쌌다. 어느 쪽으로 가야 하지? 우리가 이곳에서 나무를 한 그루 만났으니 어디든 나무들이 또 있을 게 분명하고, 어쩌면 그곳에서 박사님이 그렇게 확신하는 물을 찾을 수 있을지도 모른다. 하지만 망원경으로 오랫동안 지평선을 훑어봐도 나뭇잎은 하나도 보이지 않았다.

폴리네시아는 이번엔 박사님의 지시를 기다리지도 않고 정찰을 하기 위해 상공으로 날아올랐다.

폴리네시아가 돌아와서 말했다. "나무는 전혀 안 보이는 걸. 이곳은 살풍경한 게 사하라 사막하고 똑같아. 그나저나 저쪽에 보이는 높은 산 아래쪽 중간에 모자처럼 생긴 산봉우리가 있는데 말이야, 당신은 내가 말하는 게 보여?"

박사님이 말했다. "응, 보여. 계속하렴."

"다른 곳과는 달리 그 산봉우리 뒤쪽에 어두운 지평선이 보여. 그게 나무인지는 잘 모르겠지만 말이야. 어쨌든 그곳에 모래 말고도 다른 게 있는 건 확실해. 움직이는 게 좋겠어. 가까운 거리가 아니야."

정말 가까운 거리가 아니었다. 그건 우리와 허기 중 누가 이길

폴리네시아가 하늘로 솟아올랐다.

지 겨루는 경주 혹은 강행군이었다. 우리는 떠날 때 앞으로 닥칠 일을 전혀 예상하지 못했다. 아침을 굶고 떠나는 건 아무 것도 아니었다. 전에도 그런 적은 아주 많았다. 하지만 시간이 아무리 지나도 완만하게 경사진 사구로 이루어진 사막과 언덕, 다 말라 버린 사화산뿐인 풍경이 계속되자 우리는 점점 무기력해져 갔다.

  존 둘리틀 박사님이 가장 멋지게 보인 건 바로 이때였다. 박사님께 물어보진 않았지만 우리가 진군을 위해 첫 발걸음을 내딛던 바로 그 순간부터 박사님이 여러 문제에 대한 근심으로 이미 마음이 무거웠다는 걸 알고 있었다. 하지만 박사님은 상황이 점점 나빠질수록, 허기 때문에 활기를 잃고 끔찍한 갈증 때문에 혀가 말라 갈수록, 기력이 다 사라져서 걸음을 내딛는 것조차 힘겨워질수록 더 기운을 냈다. 신경에 거슬리는 재미없는 농담을 던지는 대신, 별난 방식으로 모두를 기분 좋게 했다. 박사님이 언제나 상황에 딱 들어맞는 재미난 이야기를 들려준 덕분에 우리는 힘든 와중에도 웃음을 잃지 않았다. 훗날 박사님과 이때에 대해 얘기했는데, 박사님은 젊은 시절에 우스갯소리를 잘하는 재능 덕분에 탐험 여행에 따라갈 수 있었던 적이 많았다고 했다. 탐험대 대장에게 조언을 할 만큼 과학적인 훈련을 받지 못했던 때라, 그것 말고는 자신을 데려가 달라고 대장을 설득할 방법이 없었다는 것이다.

  인정 넘치고 쾌활한 박사님이 없었다면 우리 일행이 그 상황을 버틸 수 있었을지 난 정말 모르겠다. 갈증의 고통은 내겐 생소한 것이었다. 한 걸음 한 걸음 걸을 때마다 죽을 것처럼 괴로웠다.

둘째 날이 끝날 즈음 드디어 폴리네시아가 "앞에 숲이 있어!"라며 뭐라고 말하는 게 희미하게 들렸다. 그때 나는 의식을 반쯤 잃은 상태였던 것 같다. 나는 비틀거리면서 무작정 일행의 뒤를 따라가고 있었다. 난 우리가 물가에 도착했다는 사실을 알았는데, 내가 쓰러져 반쯤 기절하기 직전 치치가 나뭇잎을 접어 만든 컵으로 내 입술 사이에 뭔가 놀랄 만큼 차가운 걸 흘려 줬기 때문이다.

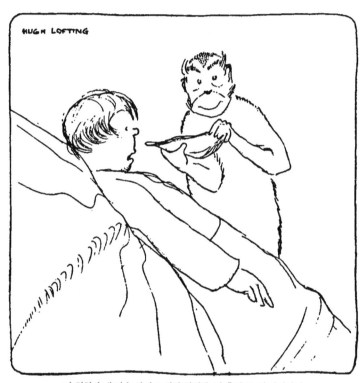

난 치치가 내 입술 사이로 뭔가 차가운 걸 흘려 준 게 기억난다.

↘ 4장 ↙

영웅 치치

정신이 들었을 때 난 나 자신이 무척 부끄러웠다. 이렇게 허약한 내가 탐험가라니! 박사님은 어느새 주위를 돌아다니고 있었다. 물론 치치와 폴리네시아도. 내가 깨어난 걸 본 박사님이 즉시 내 곁으로 왔다.

박사님은 내 마음을 읽었는지 곧바로 자책하는 나를 꾸짖었다. 박사님은 치치와 폴리네시아는 덥고 건조한 기후에서 여행하는 데 익숙했고 박사님 자신도 마찬가지라고 지적했다.

"스터빈스, 넌 굉장히 잘 해냈어. 내내 잘 걸었고 마음을 놓아도 될 만한 상황이 되어서야 쓰러졌잖아. 어느 누구도 이보다 더 잘할 수는 없어. 경험은 많지만 너보다 못한 탐험가들을 많이 봤단다. 힘든 여정이었어. 지독하게 힘든 여정이었지. 넌 대단했어. 앉아서 아침 좀 들렴. 고마워라! 드디어 먹을 게 있는 곳에 도착했어!"

나는 꾀죄죄한 상태로 힘없이 몸을 일으켜서 앉았다. 곧 내 주위에 진수성찬이 차려졌는데, 그게 다 과일이었다는 사실을 나중에 알게 됐다. 믿음직스러운 치치는 움직이는 나무나 속삭이는 바람 때문에 겁이 나는 걸 꾹 참고 놀라운 후각 능력을 이용해 야생 열매를 채집해서 우리 일행 앞에 대령했다. 나와 박사님은 이렇게 낯선 상차림을 받아 본 적이 없었다. 하지만 치치가 먹어도 괜찮다고 하면 우린 걱정할 필요가 없었다.

과일 중에는 나무 둥치만큼 큰 것도 있고 호두처럼 작은 것도 있었다. 굶주린 우리는 음식에 달려들어 쉴 새 없이 먹고 또 먹었다. 거대한 열매 껍질과 둘둘 말린 나뭇잎으로 만든 이상한 모양의 그릇에는 물도 담겨 있었다. 그 어떤 아침 식사도 이름 모를 그 과일들만큼 훌륭하지 않았다.

치치! 체구도 작고 소심하기 짝이 없는 치치였지만 우리의 체력이 바닥나자 먹을 걸 찾기 위해 겁이 나는 것도 참고 자진해서 혼자 정글에 들어갔다. 남들 눈에는 치치가 재주나 부리는 원숭이인지 모르지만, 만약 가장 위대한 영웅들의 이름을 적는 명단이 있다면 한 걸음 한 걸음 내디딜 때마다 커지는 두려움을 이기고 우리를 굶주림에서 구해 준 치치의 이름을 그 명단의 맨 위에 올릴 것이다. 우리에게 치치가 있어서 얼마나 다행이었는지. 만일 치치에게 본능적으로 터득한 기술과 정글에서 살아남을 수 있는 능력, 무엇보다도 두려움을 극복할 용기가 없었다면 지금쯤 우리의 뼈

커다란 나무 둥치만큼 큰 과일도 있었다.

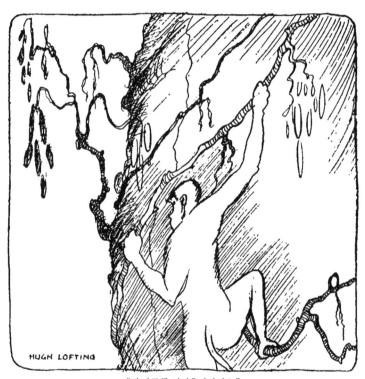

"전 나무를 기어올라갔어요."

는 달의 모래 속에서 썩고 있을지도 모른다!

난 처음 보는 열매도 먹고 내 생명을 구해 준 물도 마시면서 위쪽을 바라봤다. 내 앞에서 산등성이 같은 게 보였는데, 평평한 산정상에 무성하게 자란 나무들이 뒤엉켜 있었다. 그리고 이 산등성이를 내려가다 보면 덤불과 나무들이 사방에 띄엄띄엄 흩어져 있었다. 우리는 나무 한 그루만 어떻게 이렇게 덩그러니 떨어져서 자랄 수 있는지 만족스럽게 설명할 길이 없었다. 존 둘리틀 박사님은 코앞까지 다가가서야 그 나무가 땅속에서 샘솟는 지하수 덕에 생명을 유지하고 있다는 사실을 알아냈다. 그 나무가 그렇게 거대하게 자라기까지는 수백 년, 아니 어쩌면 수천 년의 세월이 흘렀을 게 틀림없다. 아무튼 나무가 거기 있는 게 우리에겐 천만다행이었다. 달에서 생물이 살 수 있는 이곳을 가리키는 안내자 역할을 하는 이 나무가 아니었다면 우리 탐험대는 목숨을 부지하기 힘들었을 테니까.

처음 보는 열매들로 아침 식사를 마친 박사님과 나는 치치에게 우리가 먹은 열매가 있는 숲에 대해서 묻기 시작했다.

"제가 어떻게 해낸 건지 모르겠어요." 우리가 묻자 치치가 말했다. "너무 무서워서 가는 내내 눈을 감고 있었거든요. 전 나무랑 풀, 넝쿨, 뿌리를 지나가며 냄새를 맡았어요. 몹시 배가 고팠거든요. 가능한 한 열심히 냄새를 맡았어요. 그리고 곧 열매를 찾아냈지요. 전 눈을 반쯤 감은 채 나무를 탔어요. 그때 괴물을 봤어요. 와아! 역시 정글이란! 전에 본 원숭이와는 전혀 다른 털북숭이였어요. 그래도 열매들은 향이 좋았어요. 몇 개를 땄죠. 그리고 나무에서 내려왔어요. 좀 더 달렸어요. 다시 냄새를 맡았죠. 좋았어! 또 다시 나무에 올라갔어요. 다른 과일이었는데 역시 맛났어요. 몇 개를 땄죠. 다시 내려왔어요. 그리고 여기로 달려오는데 좋은 냄새가 나더라구요. 생강이랑 비슷한데 냄새는 더 좋았어요. 눈을 감은 채 땅을 팠어요. 괴물을 보고 싶진 않았거든요. 뿌리를 조금 캐내곤 집까지 내내 달렸지요. 이게 끝이에요!"

치치의 이야기에는 자신의 영웅적인 모험담은 상세히 담겨 있었지만 우리가 탐험하려는 달의 숲에 대한 정보는 별로 없었다. 우리는 휴식으로 몸이 어느 정도 회복되자 직접 숲을 탐험해 보고 싶은 마음이 들었다.

우리는 원래 착륙한 지점에서 가져온 짐을 놔두고, 6킬로미터 정도 떨어진 산꼭대기에 늘어서 있는 나무들을 향해 걷기 시작했다. 우린 이제 우리가 짐을 풀었던 야영지 두 곳에 별 어려움 없이 찾아갈 수 있겠다고 생각했다.

갈 땐 전과 똑같이 부드러운 모래였는데 산꼭대기에 다가갈수록 발밑의 모래가 더 딱딱해지는 게 느껴졌다.

나무들을 향한 마지막 발걸음을 옮기는 동안, 산꼭대기가 우리 눈에서 사라졌다. 가는 길이 가팔라졌다. 난 가는 내내 새롭고도 대단한 걸 발견할 것 같은 느낌, 신비에 싸인 달에 대해 뭔가 중요한 걸 처음으로 알게 될 것 같은 느낌이 들었다.

5장

고원

　우리와 달 숲의 첫 만남은 굉장히 극적이었다. 만약 이 만남이 무대 위에서 성사됐다면 극적인 효과로는 만점이었을 것이다. 마침내 산 정상에 올랐을 때 우리 눈앞에는 빽빽한 '정글 벽'이 수 킬로미터나 펼쳐져 있었다. 그 나무들을 일일이 설명하기에는 시간이 너무 오래 걸린다. 종류가 그렇게 다양한 건 아니었는데 지구에 있는 나무들과 비교하면 형태가 무척 달랐다. 그리고, 신기하게도, 그 나무들을 보니 지구에 있는 나무들 말고 그동안 내가 본 채소들이 떠오르는 것이었다.

　예를 들어 넓이가 수 평방킬로미터나 되는 한 구역에는 양치식물처럼 생긴 나무들이 있었다. 이름은 기억나지 않는데 평평한 꼭대기에 작은 꽃이 무수히 핀 꽃나무를 연상시키는 나무도 있었다.

그 나무줄기는 희한하게도 담녹색이었다. 이 달 나무는 그 꽃나무보다 수천 배 크다는 점을 제외하면 생김새가 완전히 똑같았다. 나무의 맨 위에는 나뭇잎과 꽃이 빈틈없이 빽빽하게 매달려 있었는데, 그리로 비 한 방울도 새지 않는다는 사실을 나중에 알게 됐다. 이 때문에 박사님과 나는 그 나무를 우산 나무라고 불렀다. 그곳에는 우리가 지구에서 본 것과 똑같이 생긴 나무는 단 한 그루도 없었다. 그곳 나무들을 보면 희미하게나마 뭔가가 떠오르긴 했는데 그게 뭔지는 정확히 알 수 없었다.

그런데 우리를 아주 불안하게 만드는 게 하나 있었다. 바로 이상한 소리였다. 우린 아무리 희미한 소리라도 달에서는 아주 멀리까지 들린다는 걸 이미 알고 있었다. 우리가 산꼭대기 고원에 도착하자마자 그 소리가 들렸다. 그건 음악 소리였다. 그런데 한 가지가 아니었다. 어디선가 작은 관현악단이 아주 부드럽게 음악을 연주하는 것 같았다. 우린 새로운 환경에 차차 익숙해져 가고 있었다. 하지만 난 멀리서 들려오는 이 음악이 상당히 신경에 거슬렸고, 박사님도 마찬가지였다는 걸 고백해야겠다.

산 정상에 도착한 우리는 정글까지 남은 거리를 가기 전에 바람을 맞으며 휴식을 취했다. 나무가 울창한 저쪽 풍경이 다른 곳의 풍경과 너무나 분명하게 구분되는 게 참 신기했다. 지구와 비교하면 달의 지형들이 규모 면에서 훨씬 작기 때문에 확연히 다른 두 풍경이 한눈에 들어왔다.

우리 앞에는 딱딱한 모래바닥에 호수처럼 평평하고 표면이 매

우리는 꼭대기에 나무가 울창한 절벽으로 다가갔다.

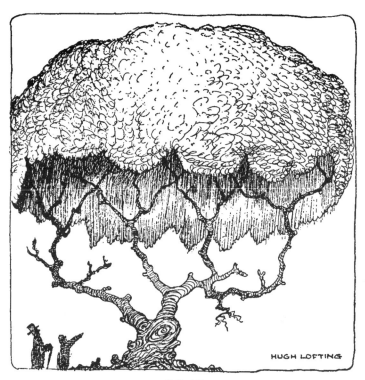

우산 나무

끄러운 고원이 쭉 펼쳐져 있었는데 고원의 앞쪽은 정글과 접해 있고 뒤는 우리가 방금 올라온 낭떠러지와 이어졌다. 나는 숲을 바라보면서 숲 저편에는 어떤 풍경이 펼쳐져 있을지, 이곳의 풍경이 다른 곳과 확연하게 다르듯 저 너머 풍경도 이곳과 전혀 다를지 궁금했다.

가장 먼저 신경 써야 할 게 마실 물을 확보하는 것이었으므로 치치에게 안내자 역할을 부탁했다. 치치는 우리보다 먼저 출발해서 어젯밤 갔던 길을 따라갔다. 탁 트인 고원을 가로질러 가는 건 문제가 전혀 없었다. 그런데 숲의 끄트머리에 도착하자 앞으로 나아가는 게 쉽지 않았다. 치치는 나무줄기에 매달려 이 나무에서 저 나무로 이동해 나갔다. 치치는 어떻게 냄새로 물을 찾아가는지 우리에게 설명하면서 그렇게 하는 게 더 안전하다고 말했다.

난 다시금 치치가 우리와 함께 있는 게 얼마나 다행인지 실감했다. 이렇게 빽빽하고 빛이 거의 들지 않는 숲에서 물이 있는 곳을 찾아갈 수 있는 동물이 원숭이 말고 누가 있을까? 치치는 자신이 갔던 길이 맞는지 확인하고 올 테니 우리에게 일단 숲 가장자리에서 기다리라고 했다. 우리는 다시 앉아서 기다렸다.

"스터빈스, 너 간밤에 한 번이라도 깬 적 있니?" 조금 뒤에 박사님이 물었다.

내가 말했다. "아니요, 너무 피곤했거든요. 왜요?"

"폴리네시아, 넌?" 박사님은 내 질문을 무시하고 물었다.

폴리네시아가 말했다. "응, 몇 번 깼어."

"뭔가 이상한 게 보이거나 들리지 않았니?"

"뭔가 이상했어. 확실한 건 아냐. 뭔가가 텐트 주변에서 움직이면서 우리를 지켜보고 있다는 느낌이 들었어."

"허! 나도 그런 느낌을 받았어." 박사님이 중얼거렸다.

그러고서 박사님은 침묵 속으로 빠져들었다.

치치가 돌아오기를 기다리며 눈앞에 펼쳐진 풍경을 바라보면서 문득 좀 이상하다는 생각이 든 게 한 가지 더 있었는데, 그건 바로 지평선의 모습이었다. 달은 지름이 지구에 비해 굉장히 짧기 때문에 볼 수 있는 거리도 아주 짧았다. 구릉이나 산악지대에서는 이 공식이 적용되지 않았지만 평지나 경사가 거의 없는 땅에서는 보이는 풍경이 지구와는 완전히 달랐다. 우리가 떠나온 지구와 달리 달에서는 이 세상이 둥글다는 사실이 피부에 와 닿았다. 예를 들어 이 고원에선 11~12킬로미터 정도 앞에 펼쳐진 평지까지 보이는데, 더 먼 곳이 보이지 않는 이유는 땅이 굽으면서 시야가 차단되기 때문이었다. 이 때문에 경사진 곳들도 달리 보였는데, 뒤에 있는 산이 앞에 있는 산보다 쑥 내려가 있는 것처럼 보여서 산의 실제 높이를 아예 잘못 판단하게 되는 식이었다.

드디어 치치가 우리에게 다시 돌아와 어젯밤에 찾아낸 물까지 가는 길을 알아냈다고 말했다. 녀석은 우리를 그리로 안내할 채비를 마쳤다. 그런데 치치는 겁이 난 듯 불안해 보였다. 박사가 왜 그러냐고 물었지만 녀석도 정확한 이유를 모르는 것 같았다.

치치가 말했다. "박사님, 별건 아니에요. 적어도 전 그런 것 같아

폴리네시아가 말했다. "응, 난 몇 번 깼어."

"절대 주저하지 않지!" 폴리네시아가 푸념했다.

요. 잘은 모르겠지만요. 걔네들이 여기서 우리에게 바라는 게 뭔지 잘 모르겠어요. 우린 우릴 데려다준 나방 등에서 내린 후에는 동물을 본 적이 한 번도 없어요. 하지만 이곳엔 동물이 많은 게 분명해요. 모습을 드러내고 싶어 하지 않을 뿐이죠. 그래서 혼란스러워요. 지구에 사는 동물들은 뭔가 도움이 필요하면 다가오는 걸 주저하지 않잖아요."

폴리네시아가 푸념했다. "절대 주저하지 않지! 박사 집 문 앞에서 시끄럽게 구는 동물들을 본 사람들은 다들 그렇게 생각하지."

박사님이 중얼거렸다. "허! 나 역시 이미 눈치챘단다. 나도 그게 잘 이해가 안 가. 우리가 달에 온 것과 관련해서 걔들 마음에 들지 않는 뭔가가 있는 것 같아. 그게 뭔지… 아무튼 이곳 동물들과 만나서 뭐가 문제인지 알게 되면 좋겠어. 이 상황은, 말 그대로, 뭔가 좀 불편하거든."

6장

달의 호수

우리는 물을 찾기 위해 안내자 치치와 함께 앞으로 나아갔다.
실제로 그 정글에 들어가는 건 멀리서 보기만 하는 것과 전혀 다른 경험이었다. 정글 밖도 밝지 않은데 안은 더 컴컴했다. 내가 정글을 경험한 건 거미원숭이 섬에 갔을 때뿐이었다. 이곳은 거미원숭이 섬 숲과 비슷하면서도 굉장히 달랐다.

박사님은 우리가 처음으로 도착한 나무의 겉모습과 크기로 볼때 그 나무가 아주 오래되었을 거라고 했다. 이곳 식물들은 전반적으로 아주 오래된 듯했다. 어마어마하게 큰 그 나무는 밑동 역시 거대했는데, 마치 태초부터 그 자리에 있었던 것처럼 보였다.
그런데 놀랍게도 그 나무는 너무나 싱싱했다. 주변에 나뭇가지 몇개와 나뭇잎이 좀 떨어져 있는 게 다였다. 방치되어 있는 지구의 숲 여기저기에는 죽어서 땅에 쓰러져 있는 나무들과 시들거나 말라 반쯤 꺾인 나무 가랑이들이 보이곤 한다. 그런데 이곳은 그렇지 않았다. 나무들 모두 수백 년 동안 평화롭게 성장해서 거기 그렇게 서 있는 것 같았다.

사람 종아리만큼 두꺼운 덤불들 때문에 거리 대부분을 거북이 걸음으로 이동한 우리는 힘든 여정 끝에 탁 트인 곳에 다다랐다. 그곳엔 넓고 고요한 호수가 있었고 호수의 한쪽 끝에는 아름다운 폭포가 있었다. 호수를 에워싸고 있는 나무들은 그 모습이 정말 특이했다. 마치 거대한 아스파라거스 같았다. 열을 지어 다닥다닥 붙어 있는 나무 기둥들이 하늘을 찌를 듯 서 있었다. 넝쿨 식물들이 비집고 들어갈 틈도 없었다. 그 거대한 줄기들이 땅을 다 차지하고 있는 건 물론이고 땅속 영양분까지 독차지하고 있는 듯했다. 이 나무는 우리보다 수백 미터는 키가 컸는데 끝이 뾰족한 나무의 제일 윗부분은 먹을 수 있을 만큼 연해 보였다. 하지만 우리가 꼭대기까지 기어올라간다 해도, 막상 실제로 보면 떡갈나무처럼 단단할 게 뻔했다.

박사님은 호숫가의 깨끗한 모래밭으로 내려가 호수 물로 입을 축였다. 치치와 나도 물을 마셨다. 물은 깨끗하고 맑아서 갈증을 풀 수 있었다. 그 호수는 중심에서 호숫가까지의 길이가 족히 8킬로미터는 돼 보였다.

존 둘리틀 박사님이 말했다. "배로 이 호수를 탐험하고 싶구나. 치치, 어디서 카누나 뗏목을 만들 만한 걸 구할 수 있을까?"

치치가 말했다. "네. 잠깐만 기다리세요. 제가 주위를 둘러볼게요."

우리는 앞장선 치치와 함께 배를 만들 만한 걸 찾기 위해 호숫가를 돌아다녔다. 이미 말했듯 죽거나 마른 나무들이 거의 없는 까닭에 처음엔 수색 작업이 별 소용이 없는 듯했다. 서 있는 나무들은 대부분 굉장히 육중하고 싱싱했다. 우리가 가진 것 중에 배 건조 작업에 그나마 가장 쓸 만한 도구는 박사님의 허리띠에 매달려 있는 가벼운 손도끼였다. 그러나 안타깝게도 호숫가에 우뚝 솟아 있는 거대한 나무들과 비교하면 너무 작았다.

우리가 1킬로미터 좀 넘게 걸어갔을 때 앞서간 치치가 멈추더니 위쪽에서 정글 안을 가만히 들여다보는 게 보였다. 그러더니 치치는 우리에게 서두르라고 손짓한 후 숲속으로 사라졌다. 녀석을 따라가던 우리는 치치가 물가에서 100미터도 떨어지지 않은 숲 안쪽에서 뭔가에 붙어 있는 넝쿨과 이끼를 떼어 내고 있는 걸 보았다.

우린 영문도 모른 채 치치를 돕기 시작했다. 그 작업은 끝이 없을 것 같았다. 그건 길이를 잴 수 없을 만큼 길었다. 죽은 나무 같았다. 우리가 처음으로 발견한 죽어서 쓰러져 있는 나무 같았다.

"치치야, 이게 뭔 것 같니?" 박사님이 물었다.

"배예요." 치치가 단호하고 무덤덤한 어조로 대답했다. "제 생각엔 틀림없어요. 이건 나무 속을 파내서 만든 통나무 배예요. 아프리카에서 사람들이 이런 걸 사용하곤 했거든요."

존 둘리틀 박사님이 외쳤다. "하지만 치치, 길이 좀 봐! 길이가 아스파라거스 나무랑 똑같아. 우린 이미 100미터나 작업했는데 아직도 끝이 없는 걸."

치치가 말했다. "어쩔 수 없어요. 이건 통나무배랑 똑같이 생겼어요. 박사님, 저처럼 이 통나무 배 밑으로 엎드려 보세요. 불이랑 도구를 사용해서 만든 자국을 보여드릴게요. 이건 지금 거꾸로 뒤집혀 있는 거예요."

박사님은 치치의 말대로 그 기이한 물체 밑으로 손을 넣어 이리저리 휘저어 보았다. 박사님 얼굴에 혼란스런 표정이 어리기 시작했다.

박사님이 말했다. "그게 도구를 사용한 흔적일 수도 있지만 아닐 수도 있어. 불을 사용한 흔적은 확 티가 나거든. 하지만 우연일 수도 있지. 나무가 불에 탔다면 아주 쉽게…"

"제가 살았던 아프리카의 원주민들은요," 치치가 말을 끊었다. "통나무 배의 안쪽을 파내기 위해 항상 불을 사용했어요. 그 사람들은 나무 몸통에 홈을 파내고 그 속에 앉을 곳을 만들기 위해 나무 몸통을 따라 불을 질렀어요. 그 사람들은 아주 단순한 도구를 사용했어요. 불에 탄 나무 몸통을 파낼 만한 게 돌 주걱뿐이었죠. 박사님 이건 통나무 배가 확실해요. 그런데 오랫동안 사용하질 않았네요. 뱃머리 끝이 어떻게 생겼는지 보세요."

박사님이 말했다. "그래. 그런데 아스파라거스 나무의 한쪽 끝은 원래 뾰족한걸."

"그런데 치치," 폴리네시아가 끼어들었다. "도대체 누가 이런 걸 들 수 있겠니? 봐 봐, 이건 전함만큼이나 길잖아."

이어서 박사님과 폴리네시아가 한편이 되고 치치가 다른 편이 되어 우리가 찾아낸 게 통나무 배인지 아닌지를 두고 30여 분간 토론이 이어졌다. 난 뭐라고 말해야 할지 몰랐다. 내 눈에 그 물체는 한쪽이 비어 있는 어마어마하게 긴 통나무 같았는데 우연히 한쪽이 빈 건지 아니면 일부러 그렇게 만든 건지는 통 알 수가 없었다.

여하튼 그건 우리가 사용하기엔 너무 무겁고 거추장스러웠다. 난 조심스럽게 논쟁에 끼어들어 좀 더 가서 우리가 움직일 수 있는 뗏목이나 배로 쓸 만한 재료들이 있는지 찾아보는 게 좋겠다고 제안했다.

박사님은 아무 소득도 없는 이 논쟁을 마무리하기 위해 기꺼이 내 제안을 받아들였고, 우리는 곧 호수를 탐험하는 데 필요한 걸 찾아 나섰다. 호숫가를 따라 1킬로미터 정도 걷자 그다지 무겁지 않은 나무들이 눈에 띄었다.

그곳에는 그 거대한 아스파라거스 대신 더 작은 나무들이 자라고 있었다. 우리는 박사님의 손도끼로 나무기둥들을 잘라서 쓰러뜨렸다. 그리고 나무껍질을 꼬아 만든 끈으로 나무 기둥을 엮어서 뗏목을 만든 다음 가져온 작은 짐을 들고 올라탔다. 뗏목은 물에 잘 떴다. 물이 얕은 곳에서는 장대로 바닥을 긁어 이동했고 더 깊은 곳을 탐험하고 싶을 때는 손도끼로 적당히 만든 노를 사용했다.

우리가 물에 뜨자마자 박사님은 내게 계속해서 기록을 하도록

우리는 장대로 바닥을 긁었다.

시켰다. 박사님이 챙겨 온 장비 안에는 촘촘하게 짜인 그물이 있었다. 박사님은 그물을 가지고 호숫가를 따라 이동하면서 우리가 달에서 처음 만난 이 호수에 생명체의 징후가 있는지 조사했다.

박사님이 말했다. "이곳에 어떤 물고기가 사는지 알아내는 게 굉장히 중요해, 스터빈스. 진화에서 어류는 아주 중요한 위치를 차지하거든."

"진화가 뭐예요?" 치치가 물었다.

난 치치에게 진화에 대해 설명하기 시작했는데 얼마 지나지 않아 박사님이 나를 부르더니 기록을 더 하라고 하셨다. 난 다행이라고 생각했다. 진화를 설명하는 게 생각보다 시간이 오래 걸릴뿐더러 꽤 힘들었기 때문이다. 대신 폴리네시아가 내가 멈춘 부분에서 설명을 이어 가며 진화의 개념을 짧게 줄여서 설명했다.

"치치, 진화는 너에게는 있는 꼬리가 왜 토미에게는 없는지에 대한 이야기야. 토미는 꼬리가 더 이상 필요 없게 된 거지. 그리고 네가 어떻게 꼬리를 갖게 됐는지, 왜 꼬리가 없어지지 않았는지에 대한 이야기이지. 네겐 꼬리가 필요했기 때문이야. 진화라! 훗! 교수들이 얘기할 법한 주제인걸. 단순한 문제지만 긴 설명이 필요해."

호수를 탐험하는 건 신나지도 않았고 별 소득도 없었다. 우린 온갖 수생곤충과 어마어마하게 큰 애벌레들을 건져 올렸지만 물고기는 하나도 보지 못했다. 수초는 굉장히 풍부했다.

몇 시간 동안 장대로 배를 밀며 호수 주변을 돌아다닌 끝에 박사님이 말했다. "이곳에선 식물이 동물보다 훨씬 중요한 게 틀림없어. 그리고 이곳에 사는 동물은 대부분 곤충인 것 같구나. 이 아름다운 호숫가에서 야영을 하다 보면 좀 더 알게 되겠지."

우린 출발한 지점에 뗏목을 정박해 두고 깨끗하고 노란 빛을 띤 기다란 모래밭에 텐트를 설치했다.

난 그날 밤을 절대 잊지 못할 것이다. 묘한 밤이었다. 아무도 깊이 잠들지 못했다. 밤새도록 뭔가가 우리 주변을 맴도는 듯한 소리가 들렸다. 어마어마하게 큰 존재가 틀림없었다. 하지만 우린 그게 뭔지 보지 못했고 정체를 알아내지도 못했다. 다만 우리 넷 모두 누군가가 밤새도록 우리를 지켜보고 있다는 것만큼은 확신했다. 폴리네시아마저 불안해했다. 달에는 동물이 굉장히 많지만 우리 앞에 모습을 드러내고 싶어 하지 않는 게 확실했다. 우리는 낯선 주변 환경만으로도 상당히 혼란스러웠는데 달에 사는 동물들이 우리를 믿지 못한다는 생각에 마음이 더욱 편치 않았다.

7장

거인의 발자국

그날 밤 우리의 잠을 방해한 게 또 한 가지 있었는데 바로 끊임없이 계속되는 이상한 음악 소리였다. 그때는 이상한 게 너무 많아서 혼란스럽고 불안했는데 그게 다 무엇 때문이었는지 이제 와서 기억하거나 일일이 구분하기는 힘들다.

다음 날 아침 우리는 남아 있는 열매로 식사를 한 뒤 짐을 챙겨 다시 탐험에 나섰다. 우리가 마지막 짐을 챙기는 동안 치치와 폴리네시아는 좀 더 자세히 정찰하기 위해 먼저 떠났다. 녀석들은 그런 일에는 찰떡궁합이었다. 폴리네시아가 숲 위를 날면서 먼 곳까지 살피는 데 반해 치치는 나무 사이로 이동하면서 아래로 이어진 길을 살폈다.

박사님과 내가 서로 도와 가며 짐을 챙길 때 크게 흥분한 치치가 황급히 우리에게 돌아왔다. 녀석은 이빨이 덜덜 떨려서 말을 거의 잇지 못했다.

"바, 박사님, 저, 저기서 발자국을 발견했어요. 사람 발자국이요! 그런데 어마어마하게 커요! 박사님은 상상도 못 하실걸요. 빨리 와 보세요. 보여 드릴게요."

박사님은 뭔가 물어보려는 듯 가만히 멈춰 서서 흥분한데다가 두려움에 떨고 있는 원숭이를 날카롭게 쳐다보았다. 그러고는 마음을 고쳐먹은 듯 다시 몸을 돌려 짐을 챙겼다. 우린 짐을 들고서 잊거나 남겨 둔 게 없는지 야영한 자리를 마지막으로 둘러보았다.

우리가 갈 길은 호수 건너편이 아니었다. 호수는 대부분 우리가 걷는 길의 오른쪽으로 넓게 형성되어 있었는데 우리는 호수의 아래쪽 끝으로 걸어가야 했다. 우리는 앞에 어떤 장면이 펼쳐질지 궁금해하면서 입을 다문 채 치치 뒤를 따라갔다.

30분쯤 걷자 우리는 호수 북쪽 끝으로 흘러드는 강 하구에 다다랐다. 우린 치치와 함께 이 강의 가장자리를 따라 1킬로미터도 넘는 거리를 다시 걸었다. 곧 강변이 넓어졌고 숲은 이미 꽤 멀어져 있었다. 땅은 여전히 깨끗하고 딱딱한 모래로 덮여 있었다. 이내 저 멀리서 우리를 기다리고 있는 폴리네시아의 모습이 아주 작게 보였다.

우리가 다가갔을 때 폴리네시아는 거대한 발자국 옆에 서 있었다. 그건 어디를 보나 두말할 것도 없이 사람 발자국이었다. 그 발자국은 맨발이었는데 내가 본 것 중에 제일 컸고 길이가 3.5미터

"이게 뭐라고 생각하세요, 박사님?" 치치가 말을 더듬으며 물었다.

는 됨 직했다. 하나만 있는 게 아니었다. 발자국은 강변을 따라 꽤 길게 이어졌는데, 발자국들의 간격으로 이 족적을 남긴 거인의 어마어마한 보폭을 짐작할 수 있었다.

무서우면서 한편으로는 궁금하기도 했던 치치와 폴리네시아는 발자국에 대해 설명해 달라는 듯 아무 말 없이 박사님을 쳐다보았다.

잠시 후 박사님이 중얼거렸다. "허! 그러니까 이곳에 인간이 있다는 뜻이군. 세상에, 괴물이야! 발자국을 따라가 보자."

아니나 다를까 치치는 그 계획에 겁을 집어먹었다. 우리가 그 발자국에서 멀어질수록 좋다는 게 치치와 폴리네시아의 생각이었다. 난 녀석들의 눈에 서려 있는 공포와 두려움을 보았다. 그런데 둘 다 발자국을 따라가자는 박사님의 말에 반대하지 않았다. 우린 아무 말 없이 동화에서 튀어나온 것 같은 이상한 인간의 흔적을 따라 뚜벅뚜벅 걷기 시작했다.

그런데 세상에! 그 발자국은 2킬로미터를 채 못 가서 숲으로 방향을 틀었는데 숲속 나무 아래에 있는 이끼와 나뭇잎에는 발자국이 전혀 남아 있지 않았다. 우리는 혹시 거인이 다시 모래밭으로 돌아왔는지 보려고 강을 따라 꽤 먼 거리를 걸었다. 하지만 아무 흔적도 보이지 않았다. 치치는 박사님의 부탁으로 거인이 어느 쪽으로 갔는지 알아내기 위해 부러진 가지나 땅에 찍힌 발자국 등 거인이 남겼을지도 모를 흔적들을 찾아 숲에서 꽤나 오랜 시간을 보냈다. 하지만 아무 흔적도 찾을 수 없었다. 거인이 물을 마시기 위해 강으로 갔을 거라 단정한 우리는 거인을 찾는 걸 포기하고 원래 가던 길로 방향을 틀었다.

난 친구들과 함께 탐험을 다니는 게 다시금 고마웠다. 정말 놀랍고도 특이한 경험임에 틀림없었다. 어느 누구도 그 점에 대해 말을 꺼내지 않았는데, 막상 말을 하자 우리 모두 같은 생각을 하고 있는 것 같았다.

우리가 달의 반대쪽, 그러니까 인류가 지금까지 한 번도 보지 못한 곳으로 가면 갈수록 숲은 점점 더 신비스러워지고 점점 더 생기가 넘쳐흘렀다. 일단 아무래도 이상한 음악 소리가 더 커진 것 같았다. 나뭇가지들의 움직임도 더 커졌다. 팔처럼 생긴 큰 가지와 예전에 손이었을 것 같은 수많은 잔가지가 이리저리 흔들리며 묘하게 허공을 할퀴는 듯했다. 부드러운 바람이 끊임없이 규칙적으로 불었다.

숲 전체가 음울한 분위기는 아니었다. 대부분이 믿을 수 없을 정도로 아름다웠다. 알록달록한 꽃의 바다가 숲속에 넓게 펼쳐져 있었는데, 꽃의 색깔로 말할 것 같으면 꿈에서 본 것처럼 말로 표현할 수 없을 것 같다가도 어디에선가 본 그림마냥 기억 속에 뚜렷하게 떠오르는 것이었다.

박사님은 가는 내내 별 말이 없었다. 하지만 말을 할 때면 매번 주제가 똑같았다. 주제는 박사님의 표현을 빌리자면 '쇠락의 부재'였다.

우리가 쉴 때 박사님은 흥분한 상태로 꽤 오랫동안 말했다. "난

60

거대한 발자국

정말 혼란스러워, 스터빈스. 어떻게 썩은 나뭇잎이 하나도 없을 수가 있지!"

"그게 무슨 상관인데요, 박사님?" 내가 물었다.

"지구에서는 그게 나무들이 살아가는 과정이야. 나무가 죽고 잎 사귀들이 썩으면서 만들어진 토양, 그게 바로 영양분인데 이 영양분이 있어야 새로운 싹이 트고 자라면서 결국 새로운 나무가 되는 거야. 그런데 여긴… 물론 토양이 있긴 하지. 낙엽도 좀 있고. 하지만 이 숲속에 들어온 이후로 죽은 나무는 거의 눈에 띄지 않았어. 누군가는, 음… 뭔가 균형이 맞는다고 생각할지도 몰라. 설명할 수가 없어. 정말 모르겠어."

난 그때 박사님의 말뜻을 다 이해하지는 못했다. 어쨌든 우리 주위에 쭉 뻗어 있는 거대한 나무들은 모두 썩지도 않고 병충해나 질병도 없이 평화롭게 자라고 있었다.

걷던 우리는 문득 숲의 끄트머리에 다다랐다는 걸 깨달았다. 앞에 언덕과 산이 다시 펼쳐졌다. 하지만 먼저 본 언덕이나 산과는 달랐다. 그곳엔 식물이 있었다. 언덕에 키 작은 관목과 잡초가 어찌나 울창하게 자라고 있는지 지나가기가 힘들 정도였다.

하지만 쇠락의 흔적은 여전히 찾아볼 수 없었다. 썩어 가는 나뭇잎은 거의, 아니 아예 없었다. 박사님은 나뭇잎이 떨어지지 않는 이유 중 하나가 아마 계절이 없기 때문일 거라고 단정했다. 그러면서 곧 이곳에 겨울이나 여름이 없다는 걸 깨닫게 될 거라고 말했다.

나뭇가지들의 움직임도 더 커졌다.

달에서 살아남는 건 지구에서 살아남는 것과는 완전히 다른 문제였다.

8장

노래하는 나무들

우린 한참 동안 그 새로운 황야와 언덕을 걸었다. 그리고 곧 신기하게 생긴 곳에 도착했다. 그곳은 높은 언덕과 둔덕으로 둘러싸인 분지였다. 이상한 건 그곳에 우리가 아래에서 본 거인의 발자국뿐 아니라 불의 흔적도 뚜렷하게 남아 있다는 사실이었다. 거대한 구멍 속 모래 주변에 재가 있었다. 박사님은 그 재에 큰 관심을 보였다. 박사님은 재를 조금 가져와서 휴대 중이던 화학약품을 이용해 여러 방법으로 검사를 했다. 그러더니 박사님은 그 재의 성질 때문에 너무 당황스럽다고 털어놓았다. 하지만 이곳이 우리가 퍼들비에서 본 연기가 피어오른 현장이 확실하다고도 말했다. 신기하게도 올빼미 투투가 달에서 연기가 나는 걸 봤다고 주장한 바로 그때 그 거대한 나방이 우리 정원에 내려앉았던 것이다. 그게

그곳은 일종의 분지였다.

언제 일어난 일이냐고? 겨우 며칠 전 일일 뿐이었다!

　박사님이 말했다. "스터빈스, 우리가 지구에서 본 연기는 바로 여기서 난 게 확실해. 보다시피 여기는 어마어마하게 넓어. 그런데 어쩌다 지구에 있는 우리 집에서도 보일 만큼 커다란 폭발이 일어났는지 모르겠구나."

　"하지만 우리가 본 건 불빛이 아니고 연기였잖아요." 내가 말했다.

　박사님이 말했다. "연기뿐이었지. 우리가 아직 모르는 신기한 물질이 폭발에 사용된 게 틀림없어. 난 이 재를 조사해 보면 그게 뭔지 찾을 수 있을 거라 생각했는데 실패했어. 하지만 결국 알아낼 수 있을 거야."

　박사님은 두 가지 이유 때문에 우리가 숲에서 너무 멀어지지 않기를 바랐다.(우리는 그때 우리가 지나온 그 숲 옆에 나무가 우거진 곳이 또 있다는 걸 몰랐다.) 한 가지 이유는 우리가 목숨을 연명하는 데 필요한 열매나 야채를 구할 수 있는 정글에서 멀어져서는 안 된다는 것이었다. 다른 이유는 존 둘리틀 박사님 자신이 이곳 식물들을 연구하는 데 푹 빠져 있기 때문이었다. 박사님은 아마추어 자연학자가 이곳에 오면 놀라서 뒤로 자빠질 게 분명하다고 했다.

　얼마 후 우릴 그렇게 불편하게 했던 묘하게 으스스한 느낌이 차차 사라지기 시작했다. 우리는 이곳에 있는 나무와 풀이 지구에 있는 것들과 너무 달라서 겁이 나는 거라고 생각했다. 누군가가 우리를 지켜보는 것 같은 느낌만 빼면 이 숲에 우리를 향한 적의는 없는 게 분명했다. 그리고 누군가가 우리를 지켜보고 있는 것 같은 느낌에도 점점 익숙해져 갔다.

박사님이 숲 가장자리에 새로운 본부를 세우기로 결정하자마자 우린 텐트를 제대로 설치하고 밀림 구석구석을 탐험하기 시작했다. 난 박사님의 실험과 연구에 대해 기록하느라 다시 정신없이 바빠졌다.

달의 식물계를 연구하다 우리가 처음으로 알아낸 사실은 이곳에선 식물과 동물 사이에 사실상 다툼이 없다는 것이었다. 지구에서 우리는 말이나 다른 동물들이 풀을 어마어마하게 먹어 치우는 등 식물과 동물 사이에서 벌어지는 수많은 싸움을 보는 데 익숙해져 있었다. 그런데 이곳에선 반대로 동물들, 아니 좀 더 정확하게 말하면 곤충들(아직 다른 동물들의 흔적을 발견하지 못했기 때문에)과 식물들은 싸우기보다는 서로를 돕는 듯했다. 실제로 달에 있는 모든 생물들은 평화로운 삶을 살아가고 있었다. 이 이야기는 나중에 다시 하기로 하겠다.

우리는 우리 귀에 들리는 그 이상한 음악을 조사하는 데 꼬박 사흘을 보냈다. 여러분은 박사님의 뛰어난 플루트 연주 솜씨에서 알 수 있듯 박사님이 천성적으로 음악을 좋아한다는 걸 기억할 것이다. 박사님은 우리가 경험한 이 신기한 현상에 푹 빠졌다. 우리는 정글을 여러 번 탐험한 끝에 나무가 연주하는 음악을 가장 잘 보고 들을 수 있는 곳을 알아냈다.

나무들이 음악을 연주한다는 건 의심할 여지가 없었다. 나무들이 내는 소리는 의도적인 것이었다. 바람 속에 직각으로 세워 놓았을 때 저절로 소리를 내는 하프처럼 나무들은 불어오는 바람을 맞기 위해 나뭇가지들을 움직였는데, 그럼 특정한 높이의 소리가 나는 것이었다. 박사님은 이른바 노래하는 나무들을 찾아낸 그날 저녁 내게 탐험일지에 이날을 기념일로 표시해 두라고 했다. 난 절대 그날을 잊을 수 없을 것이다. 우리가 소리를 쫓아다니는 몇 시간 동안 박사님은 내내 소리굽쇠를 들고 있었는데, 주위에서 들리는 소리의 음을 확인하기 위해 가끔씩 소리굽쇠를 울려서 소리를 냈다. 문득 우리는 숲에 있는 거대한 나무들이 원을 이루고 있다는 사실을 깨달았다. 세상 전체가 오케스트라인 것 같았다. 우리는 넋을 잃은 채 서서 나무들을 올려다봤다. 첫 번째 나무에 이어 다음 나무가 일정하게 부는 바람을 향해 나뭇가지를 움직이자 이 밤에 듣기 좋은 맑은 소리가 울려 퍼졌다. 이어서 빈터 주변에 서 있는 나무 서너 그루가 가지를 흔들자 화음이 공기를 흔들면서 정글 속으로 잔잔히 퍼져 나갔다. 그 소리가 얼마나 환상적이고 근사한지, 그 소리를 들으면 어느 누구라도 나무들이 바람의 도움을 받아 자신들이 원하는 소리를 내고 있다는 사실을 믿어 의심치 않을 것이다.

박사님이 언급했다시피 그건 바람이 언제나 일정한 세기로 고르게 불지 않는다면 불가능한 일이었다. 존 둘리틀 박사님은 나무가 어느 정도 규모의 음악을 만들어낼 수 있는지 알고 싶어 했다. 사실 고백하자면, 그 음악은 내겐 약간 재미있는 정도였다. 그 음

우리는 서서 넋을 잃은 채 나무들을 올려다봤다.

악엔 박자가 있었고 나는 그 박자를 느낄 수 있었다. 그리고 전체 악구가 자주는 아니지만 반복되곤 했다. 멜로디는 대부분 자유분 방하면서도 슬프고 낯설었다. 하지만 음악에 문외한인 내 귀에도 아름답게 들릴 정도로 대단한 노력을 한 게 느껴졌다. 음악에는 고음 파트와 저음 파트가 있었는데 그 조합이 감미로웠고 듣기 좋았다.

나도 흥분했지만 박사님은 내가 한 번도 본 적이 없을 정도로 흥분한 상태였다.

박사님이 말했다. "스터빈스, 이게 무슨 뜻인지 알겠니? 대단해! 만약 이 나무들이 노래를 할 수 있다면 나무들이 서로를 이해한다는 뜻이고, 그건 곧 이 나무들에게 틀림없이 언어가 있다는 뜻이야. 나무들이 말을 한다고! 식물에게 언어가 있다니! 이 언어를 알아내야 해. 누가 알겠니? 내가 그 말을 배울 수 있을지도 몰라. 스터빈스, 오늘은 기념비적인 날이야!"

이런 상황에서 항상 그렇듯, 박사님의 온 정신은 나무로 쏠렸다. 박사님은 며칠 동안 식사도, 잠도 거른 채 새로운 연구에 매달렸다. 난 언제든지 공책에 받아쓸 준비를 한 상태로 박사님 뒤를 쫓아다녔다. 박사님은 나보다 일을 훨씬 더 많이 했다. 우리가 집에 돌아온 후에도 박사님은 공책에 적힌 내용이나 자신이 나무의 말을 배우는 데 사용하기 위해 만든 새로운 장치를 가지고 몇 시간이나 씨름하곤 했다.

우리가 지구를 떠나기 전에 이미 존 둘리틀 박사님은 달꽃들이 서로 대화할 수 있는 수단을 가지고 있을지도 모른다고 말한 적이 있었다. 만약 달꽃들에게 대화 수단이 정립되어 있다면 그들은 한자리에 고정되어 있지만 제한적이나마 움직일 수 있다는 뜻이었다. 우리는 그 아이디어를 너무 당연하게 받아들인 나머지 그것에 대해선 더 이상 생각조차 하지 않았던 것이다. 박사님은 깃발로 신호를 보낼 수 있듯이 나뭇가지나 나뭇잎의 움직임도 대화의 수단이 될 수 있겠다고 생각했다. 그러고는 나무들이 정말 이런 방식으로 대화하는지 알아보기 위해 특정한 나무와 덤불 앞에 가만히 앉아서 하염없이 나무들을 지켜보는 것이었다.

박사님은 특정한 나무와 덤불 앞에 가만히 앉아서 하염없이 나무들을 지켜보는 것이었다.

9장

나무 언어 연구

지금 달에 우리와 함께 있으면 얼마나 좋을까 하고 우리가 끊임없이 떠올리는 사람이 있었는데, 긴 화살, 바로 우리가 거미원숭이 섬에서 만났던 원주민 자연학자였다. 그가 식물과 얘기한 적이 있다고 말한 적은 한 번도 없다. 하지만 그가 가진 식물학과 자연사에 대한 지식은 정말 놀라웠기에 우리는 긴 화살이 여기 있었다면 큰 도움이 되었을 거라고 생각했다. 황금 화살의 아들인 긴 화살은 평생 과학에 대한 기록을 남기지 않았다. 글자를 모르니 기록을 남기지 않은 건 당연했다. 하지만 그는 특정 색을 띠는 꿀벌은 왜 특정한 색깔의 꽃에만 앉는지, 어떤 나방은 왜 항상 똑같은 덤불에 가서 알을 낳는지, 어떤 애벌레는 왜 특정한 수초 뿌리만 갉아먹는지 말해 주었다.

저녁 때 가끔 박사님과 나는 긴 화살이 뭘 하고 있을지 궁금해하면서 그에 대해 이야기하곤 했다. 우리가 거미원숭이 섬을 떠날 때 긴 화살은 그곳에 남았다. 하지만 그게 긴 화살이 섬에 쭉 머물러 있다는 뜻은 아닐 것이다. 이른바 자연법칙이라고 부르는 것을 거역하는 데서 기쁨을 찾는, 천성이 떠돌이인 긴 화살은 미주 대륙 어디에든 모습을 드러낼 것이다.

박사님은 내 부모님을 언급하기도 했다. 내가 우리를 이곳에 데려다준 나방에 몰래 올라탄 게 박사님의 잘못이 아닌데도 박사님은 내 부모님께 큰 죄책감을 느끼고 있는 게 분명했다. 그 즈음 박사님 마음은 온갖 상념으로 가득했다. 하지만 과학적 탐구 과정에서 문제나 어려움에 봉착하면 그 즉시 그 주제로 돌아오곤 했다.

박사님은 이렇게 말하곤 했다. "스터빈스, 넌 오지 말았어야 했어. 물론 난 네가 날 위해 그랬다는 걸 알아. 하지만 네 아버지 제이컵이나 네 어머니는 네가 없어져서 걱정이 이만저만이 아닐 거야. 물론 내게도 책임이 있지. 그런데 지금은 뭘 어쩔 도리가 없구나. 이 일이나 계속하자꾸나."

박사님은 그렇게 새로운 주제에 몰두했고 여러 상념이 박사님을 다시 괴롭히기 전까지는 그 문제를 마음에서 지웠다.

우리는 달의 식물을 조사하는 내내 무슨 이유 때문인지는 몰라도 동물들이 우리를 피하는 것일 뿐, 이곳에 분명히 동물들이 있을 거라는 생각을 떨칠 수 없었다. 밤에 잠자리에 누우면 커다란 나방과 나비, 벌이 우리 주변에서 날아다니거나 기어다니고 있다

커다란 그림자가 어둠 속으로 사라지는 게 눈에 띄었다.

는 생각이 들곤 했다.

우리가 잠자리를 박차고 밖으로 뛰어나왔을 때 커다란 그림자가 어둠 속으로 사라지는 게 두어 번 눈에 띄었기에 우리는 그 사실을 확신하고 있었다. 그림자 주인은 우리가 자신의 정체를 알아챌 틈도 주지 않고 시야에서 사라져 버렸다. 어쨌든 누군가가 이곳에서 우리를 감시하고 있는 건 분명했다. 동물들은 모두 날아다녔다. 박사님은 지구에 비해 달의 중력이 작아서 날개가 더 잘 발달했을 거라고 생각했다.

이상한 거인의 발자국도 다시 나타났다. 발자국은 늘 예기치 못한 장소에 등장했다. 난 박사님이 만약 폴리네시아와 치치에게 그 발자국을 쫓으라고 말했다면 금방 거인을 찾아낼 수 있었을 거라고 믿는다. 하지만 박사님은 여전히 우리 일행이 함께 있는 게 좋겠다고 생각했다. 박사님은 신기하리만치 본능적이고 정확한 판단력을 지녔는데, 지금은 우리가 따로 움직이는 걸 두려워하는 것 같았다. 치치와 폴리네시아 둘 다 우리가 궁지에 빠졌을 때 큰 역할을 했다. 둘 다 힘이 센 싸움꾼은 아니었지만 정찰꾼이자 안내자로서 큰 역학을 했다. 존 둘리틀 박사님은 야만적인 나라에 가면 열두 연대의 호위를 받기보다 차라리 원숭이 치치나 앵무새 폴리네시아와 함께 있는 걸 택하겠다고 얘기하곤 했다.

실험용 장비를 들고 긴 거리를 걸어서 황무지에 접어든 우리는 비탈길을 가득 메운 아름다운 꽃이 핀 덤불을 연구했다. 또 물길을 따라 몇 킬로미터를 걸어가며 풀이 무성한 강변에서 그 위풍당

당한 머리를 흔드는 거대한 백합을 연구하기도 했다.

그리고 우리의 고된 노동은 조금씩이나마 보상을 받기 시작했다.

난 박사님이 이 탐사를 위해 얼마나 철저히 준비했는지 알고 나서 상당히 놀랐다. 박사님은 식물 언어 연구에 착수하기로 결정하고는 내게 우리가 처음 도착했던 곳에 돌아가서 두고 온 나머지 짐들을 가져와야 한다고 말했다.

다음 날 동이 트자 박사님과 치치 그리고 나는 일찌감치 발걸음을 되돌렸다. 폴리네시아는 이곳에 남기로 했다. 박사님은 왜 그렇게 하는지 침묵으로 일관했지만 언제나 그렇듯이 우리는 박사님이 그러는 데에는 다 이유가 있을 거라고 생각했다.

길고 고된 여정이었다. 목적지에 도착하기까지 하루하고도 반나절이 걸렸으며 짐을 가지고 되돌아오기까지 꼬박 이틀이 걸렸다. 우린 처음 도착한 장소에서 또다시 수많은 거인의 발자국을 발견했고, 호기심 가득한 눈들이 정체를 숨긴 채 이곳을 정찰하고 있다는 사실을 말해 주기라도 하듯 우리가 짐을 놔 둔 곳 주변 모래 위에는 이상한 발자국들이 남아 있었다.

이곳에 남겨진 거인의 발자국은 특히 선명했는데 그 발자국을 자세히 조사한 박사님은 오른발의 보폭이 왼발보다 훨씬 넓다는 걸 알아냈다. 수수께끼에 싸인 이 달 인간은 한쪽 발을 저는 게 분명했다. 어쨌든 그런 보폭을 가진 인간은 굉장히 위협적일 게 틀림없었다.

황무지로 돌아가서 가져 온 짐과 상자들을 풀어 보니 이미 말한 대로 박사님이 이 여행을 얼마나 철저하게 준비했는지 알 수 있었다. 박사님은 여행에 필요할지도 모를 모든 걸 가져온 듯했다. 손도끼, 철사, 못, 줄, 작은 톱 등 모두가 달에 없는 것들이었다. 입고 있는 옷 한 벌과 작은 검은색 가방이 전부였던 박사님의 평상시 여행 준비와는 너무도 달랐다.

늘 그렇듯 박사님은 식사를 몇 입 하는 둥 마는 둥 하고는 바로 일을 시작했다. 박사님은 소리 시험용 장치와 떨림 시험용 장치 등 다른 여러 장치들을 한꺼번에 설치하려는 것 같았다. 톱과 도끼, 다른 도구들 덕택에 한 시간 만에 우리 캠프 주변에는 작은 오두막 여섯 개가 생겼다.

박사님은 필요할지도 모를 모든 걸 가져온 듯했다.

10장

달의 마젤란

　박사님은 자신이 왜 달에 소환되었는지, 이곳 동물들은 왜 우리를 계속 의심의 눈초리로 바라보는지, 거인은 왜 그토록 조심스럽게 우리를 피해 다니는지 등에 대한 모든 상념을 머릿속에서 지우고 일단은 식물의 언어 연구에 심혈을 기울였다.

　박사님은 연구를 할 때면 끼니를 후다닥 때우고 아무데서나 잠깐 눈을 붙인 뒤 신들린 듯 일하면서도 마냥 행복해했다. 박사님이 흥미로운 일에 착수하자 나머지 일행은 정열이 넘치는 박사님과 보조를 맞추다가 지쳐 나가떨어졌다. 그래도 보람이 있었다. 하루 반나절 만에 박사님은 나무들이 나뭇가지의 움직임을 통해 서로 대화를 나눈다는 사실을 밝혀냈던 것이다. 하지만 그건 첫걸음에 불과했다. 박사님은 그 자신이 나무가 된 것처럼 빈터에 서서 나무의 움직임을 그대로 따라 하면서 수백 년 된 정글의 나무들과 이야기를 나눴다.

이를 통해 박사님은 좀 더 많은 걸 알게 됐다. 이를테면 식물들은 규칙적인 모스 부호처럼 길게 혹은 짧게 내뿜는 향기, 나뭇가지들이 바람이 불어오는 방향과 직각을 이뤘을 때 나는 소리처럼 온갖 희한한 방법을 사용해서 대화를 나눈다는 사실이었다.

긴장감 속에서 한도 끝도 없이 공책에 기록을 하다 보니 매일 밤 잠자리에 들 때면 나는 거의 초주검이 되었는데 박사님은 여전히 기록할 게 무궁무진한 것 같았다.

다행스럽게도 치치가 우리의 식사를 책임졌는데, 그렇지 않았다면 우린 일찌감치 굶어 죽었을 것이다. 일에 치여 죽지 않았다면 말이다. 이 믿음직스러운 원숭이는 우리가 어디에 있든 세 시간마다 이상하게 생긴 채소와 열매, 깨끗한 식수를 챙겨서 우리에게 오곤 했다.

이 탐험의 공식 기록원인 나는 박사님이 언급한 자연사에 관한 내용들은 물론 박사님의 모든 계산도 기록해야 했다. 고되긴 했지만 내가 이 일을 한다는 게 정말 자랑스러웠다. 난 이미 앞에서 기온과 대기압, 시간 등에 대해 말한 적이 있다. 여행한 거리도 기록 목록에 포함됐다. 이건 꽤 어려웠다. 박사님은 보수계라는 작은 도구를 가져왔는데 이걸 주머니에 넣고 걸으면 걸음 수를 이용해서 걸은 총 거리를 알려줬다. 하지만 중력이 다른 탓에 달에서 걷는 속도는 지구에서 걸을 때와 상당히 달랐다. 속도가 일정하지도

믿음직스러운 치치는 세 시간마다 이상하게 생긴 채소를 가지고 우리에게 오곤 했다.

한번에 2미터씩 겅중겅중 뛰게 되는 것이었다.

않았다. 땅이 아래쪽으로 기울어져 있으면 아무런 힘을 들이지 않아도 한번에 2미터씩 경중경중 뛰게 되는 것이었다. 그리고 오르막길일 때조차 평상시에 걷는 것보다 보폭이 훨씬 커지곤 했다.

박사님이 달을 여행하는 것에 대해 처음으로 말을 꺼낸 건 바로 이때쯤이었다. 가장 처음 세계일주에 성공한 사람이 마젤란이라는 걸 여러분은 알고 있을 것이다. 그건 대단한 업적이다. 지구는 육지보다 바다의 면적이 훨씬 넓다. 반대로, 우리가 곧 알게 되긴 했지만, 달에는 물보다 육지가 훨씬 많았다. 대양은 존재하지 않았다. 호수나 여러 호수들이 이어져 있는 게 우리가 본 물의 전부였다. 그러므로 달을 한 바퀴 도는 건, 설령 그 거리가 마젤란이 항해한 거리보다 짧더라도 더 힘들 게 분명했다.

우리가 여행한 거리를 내가 정확히 기록하고 있는지 박사님이 그렇게 신경을 쓴 것도 바로 이 때문이었다. 우리가 항상 직선 방향으로 이동하고 있는지 여부에 대해서는 그다지 신경 쓰지 않았다. 우선 그렇게 하는 게 결코 쉽지 않았다. 또 우리는 나침반이 가리키는 방향과 상관없이 나무가 연주하는 음악이나 발자국, 물길, 암석의 형성 등 우리가 연구하고 싶은 주제를 따라 이쪽저쪽으로 발걸음을 옮겼다. 여기서 내가 말한 나침반은 지구에서 사용하는 그 나침반이 아니다. 이미 여러분에게 말했지만, 존 둘리틀 박사님이 퍼들비에서 가져온 자기 나침반은 전혀 도움이 되지 않았다. 나침반을 대신할 만한 게 필요했다.

늘 그렇듯이 존 둘리틀 박사님은 대단히 열정적으로 그 문제에 매달렸다. 박사님은 아주 뛰어난 수학자였다. 어느 날 오후, 박사님은 자리에 앉아 항해력을 이용해서 별의 위치를 보고 우리의 현재 위치와 가야 할 방향을 알려주는 표를 만들었다. 우리는 신기하게도 별에게서 이상한 평온함을 얻었다. 하늘에 떠 있는 별은 지구에서는 너무나 멀어 도저히 닿을 수 없을 듯 보였는데 여기서는 갑자기 친근하게 느껴지는 것이었다. 아마도 별만이 유일하게 언제나 똑같기 때문인 것 같았다. 달에서 본 별들은 우리가 지구에서 본 바로 그 별들이었다. 그 별들이 헤아릴 수 없을 만큼 멀리 떨어져 있다는 사실은 변함없지만 우리에게 그 별들은 전부터 봐왔고 알고 있던 것들이었다.

우리가 폭발하는 나무를 발견한 건 바로 나침반을 대신할 만한 도구를 제작하고 있을 때였다. 이 방법 저 방법을 수없이 시도하던 박사님이 불현듯 말문을 열었다.

"그래, 스터빈스, 알았어. 바람이야! 바람은 언제나 똑같이 불어. 게다가 정확히 같은 방향에서 부는 게 틀림없어. 아니면, 어쨌든 규칙적으로 바뀌니까 아마 계산을 할 수 있을 거야. 시험해 보도록 하자."

우리는 곧바로 바람을 테스트할 만한 다양한 장치를 만들기 시작했다. 우리는 길고 가벼운 나무껍질로 풍향계를 만들었다. 그때 존 둘리틀 박사님이 연기를 떠올렸다.

"이렇게 하면 되겠다. 우리가 연기를 적당한 곳에 피우는 거야. 그럼 바람의 방향이 바뀔 때 냄새로 알 수 있을 거야. 그동안 우린

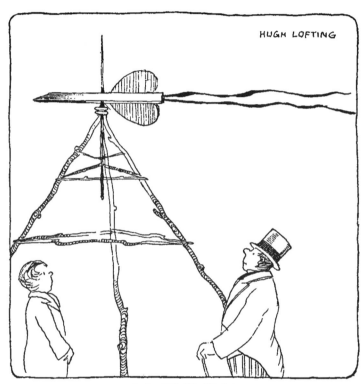

우리는 풍향계를 만들었다.

이 왕국에서 쓰이는 언어에 대한 연구를 계속하면 돼." 그러고는 우린 그동안 하던 작업을 멈춘 다음 바람으로 방향을 예측해도 되는지 확인하기 위해 불을 피우는 작업, 정확히 말하면 연기를 피우는 작업에 착수했다.

11장

달 일주를 준비하다

우리는 최상의 결과를 얻기 위해 불을 피울 만한 가장 좋은 장소를 물색했는데, 그 과정에서 수많은 어려움에 봉착했다. 일단 우리는 아주 신중하게 불 피울 장소를 생각했다. 불이 아래 덤불로 번져 큰 산불이 나는 걸 피하려면 나무가 없는 둔덕이나 산 어깨에 불을 피워야 했다. 그때 땔감 문제에 생각이 미쳤다. 연기를 피우려면 어느 나무가 가장 좋을까?

이미 말한 대로 죽은 나무는 사실상 없었다. 그렇다면 우리가 할 수 있는 건 나무를 잘라서 말리는 방법밖에 없었다.

박사님이 갑자기 양심의 가책을 느낀 건 우리가 그 일을 시작한 지 얼마 지나지 않았을 때였다. 나무가 말을 할 수 있다면 감각도 느낄 수 있을 것이다. 그렇게 생각하자 끔찍했다. 우리는 나무들에게 정말 그런지 물어볼 용기조차 나지 않았다. 결국 우리는 나무를 자르는 대신 떨어진 잔가지와 작은 나뭇가지를 모으기 시작했다. 당연한 얘기지만 이 일은 훨씬 더 힘들었는데, 어느 거리에서든 연기도 보이고 냄새도 날 만큼 큰 불을 피우기 위해서는 엄청난 양의 땔감이 필요했기 때문이다.

우리는 오랫동안 토론을 한 끝에 이 일은 서둘러서는 안 되겠다고 결론지었다. 많은 일이 큰 불을 피울 수 있느냐에 달려 있었다. 불을 피우는 일은 분명히 성가신 작업이었지만 인내심을 발휘할 필요가 있었다. 우리는 정글로 되돌아가서 불을 피우는 실험을 하는 데 쓸 나무들을 다양하게 모으기 시작했다.

이 일을 할 수 있는 사람은 박사님과 나밖에 없었기에 긴 시간이 소요됐다. 치치는 잔가지를 모으며 우리를 도우려고 애썼다. 하지만 우리에게는 꺼지지 않고 오래 탈 큰 나무가 필요했다.

우리는 갖가지 나무를 모았다. 우리가 모은 나무 중에는 불을 붙여도 타지 않는 나무가 있는가 하면 잘 탔지만 연기가 충분히 나지 않는 나무도 있었다.

다섯 번째 나무로 실험을 할 때 우리는 큰 사고를 겪을 뻔했다. 달에서는 불을 피우는 게 굉장히 드문 일 같았다. 여기저기 돌아다녀 봤지만 그 어디에서도 불을 피운 흔적을 찾을 수 없었다. 그래서 우리는 땔감을 태워 보기 위해 불을 붙일 때 겁이 많이 났고 더 세심한 주의를 기울였다.

어느 날 저녁 해 질 무렵 대나무와 비슷한 가지고비고사리처럼

나무가 없는 둔덕에 불을 피워야 했다.

"네 말은, 연기 신호를 보낸 게 그 사람이란 말이야?"

생긴 나무에 성냥을 그었던 박사님은 끔찍한 화상을 입을 뻔했다. 성냥을 긋자 화약에 불을 붙인 것처럼 나무에서 불길이 확 솟구쳤던 것이다.

우리는 박사님의 옷을 벗겼고, 치치와 내가 박사님의 상태를 살폈다. 수염이 거의 다 타 버리긴 했지만 박사님은 크게 다치지 않았다. 자신의 손에 물집이 약간 잡힌 걸 본 박사님은 작은 검정색 가방에서 염증을 가라앉힐 만한 뭔가를 꺼내 오라고 우리에게 말했다.

우리는 나무에서 불길이 확 타오를 때 짙고 하얀 연기가 피어오르는 걸 보았다. 그리고 불길이 솟은 후에도 몇 시간 동안이나 짙은 연기 구름이 우리와 가까운 언덕 주변을 감싸고 있었다.

상처 치료가 끝났을 때 박사님은 우리가 퍼들비에서 봤던 신호용 연기를 피우는 데 사용된 땔감을 찾은 게 틀림없다고 말했다.

"그 먼 거리에서 보이다니 대단히 큰 장작불이었던 게 틀림없어요. 그렇게 멀리서도 보이는 연기를 피우려면 몇 백 톤이나 되는 장작들을 쌓아 놨을 거예요." 내가 말했다.

"누가 그런 걸 할 수 있었을까?" 치치가 끼어들었다.

잠시 침묵이 흘렀다. 그때 폴리네시아가 나와 똑같은 생각을 말했고, 박사님 역시 같은 생각을 했으리라고 나는 생각했다.

폴리네시아가 나지막이 말했다. "장담컨대, 그 불을 피운 사람은 엄청나게 많은 나무를 하루 안에 옮길 수 있을 거야."

"네 말은, 그 연기 신호를 보낸 게 그 사람이란 말이야?" 놀란 치치가 그 작은 눈을 크게 뜬 채 물었다.

"왜 아니겠어?" 폴리네시아가 말했다. 그러고서 녀석은 고요한 명상에 잠겼고 치치는 계속 질문을 했지만 폴리네시아로부터 어떤 대답도 듣지 못했다.

결국 치치가 말했다. "만약 그 사람이 신호를 보낸 거라면 이 모든 게 그 사람이 한 일이겠네. 박사님의 도움이 필요했던 그 사람이 나방을 보내 우리를 이리로 데려온 거지."

치치는 자신의 의견에 대한 대답을 달라는 듯 박사님 쪽을 바라보았다. 하지만 박사님 역시 폴리네시아처럼 딱히 할 말이 없는 것 같았다.

작은 사고가 있긴 했지만 연기가 잘 나는 나무를 찾는 우리의 실험은 대성공이었다. 우리는 사흘 내지 나흘 동안은 바람을 방향을 찾는 지표로 삼을 만하다는 걸 알아냈다.

박사님이 말했다. "스터빈스, 물론 달 일주를 떠나기 전에 다시 시험을 해 봐야 할 거야. 지금은 한쪽으로 부는 이 미풍이 일주일쯤 후에는 방향이 바뀔지도 몰라. 또 바람이 산에 막혀서 우리가 길을 잃을 가능성도 생각해 봐야 해. 하지만 우리가 지금까지 알게 된 것들로 미루어 볼 때, 바람이 나침반을 대신할 수 있을 거야."

폴리네시아와 치치가 우리 말이 들리지 않을 정도로 떨어져 있을 때, 난 우리를 이곳으로 데려온 게 동물들이 아닌 달 인간이라는 의견에 대해 박사님이 어떻게 생각하는지 알아보려고 한두 번

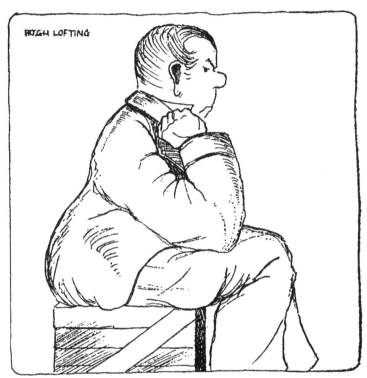

"잘 모르겠구나, 스터빈스." 박사님이 얼굴을 찡그리며 말했다.

말을 꺼냈다. 박사님이 모두가 귀를 기울일 때보다는 나와 단둘이 있을 때 그 주제에 관해 좀 더 자유롭게 얘기할 거라고 생각했기 때문이다. 하지만 박사님은 이상하리만큼 아무 말도 없었다.

　박사님은 얼굴을 찡그리며 말했다. "글쎄다. 잘 모르겠구나. 사실, 난 그 문제에는 별로 관심이 없어. 아무튼 그건 지금 당장 결론을 내려야 할 문제도 아니니까. 달에 있는 식물이야말로 수많은 자연학자의 관심을 끌 만한 분야지. 우린 이제 막 시작했을 뿐이야. 모르는 곳으로 가면 갈수록 더 많은 걸 알아낼 수 있을 거야. 누가 알겠니? 달 인간이나 동물들이 우리와 연락하고 싶었던 거라면 우리에게 무슨 말이든 할 거야. 그동안 우리는 해야 할 일이 있어. 할 수 있는 것 그 이상을 해야 해. 아! 측량사랑 지도 제작자랑 지질학자들까지 모두 같이 왔으면 좋았을 텐데! 생각해 보렴. 우린 새로운 세계로 나아가면서 이리저리 헤매고 있잖니. 그리고 우리가 지금 어디에 있는지조차 몰라! 물론 우리가 지나온 길은 대강 알고 있지. 지나온 길을 쭉 기록하려고 노력했거든. 지도를 만들어야겠어. 스터빈스, 모든 산의 정상과 계곡, 강, 호수, 고원 등 모든 게 담겨 있는 진짜 지도 말이야. 이런! 우린 할 수 있는 한 최선을 다해야 해."

12장

허영심 많은 백합

물론 달보다 훨씬 큰 지구에서라면 우리가 이렇게 잘 해낼 수 없었을 것이다. 생각해 보라. 세계 일주를 하겠다고 나선 원정대가 성인 한 명과 남자아이 한 명, 원숭이, 앵무새로 이루어져 있다면 그 원정 자체가 터무니없게 느껴진다 해도 전혀 과장이 아닐 것이다.

달에 도착해 처음 내린 곳에서 발걸음을 내디딜 때만 해도 우리가 달을 일주할 것이라고 그 누구도 생각하지 못했다. 모든 일은 그런 식으로 진행되었다. 처음에 우리는 매 시간마다 동물들이 출몰할 거라고 예상했다. 하지만 예상은 빗나갔다. 우린 계속 나아갔다. 말하는 나무와 꽃이 나타나자 박사님은 들떠서 연구를 하기 시작했다. 우리는 야영지나 먹을 걸 쌓아 둔 곳에서 탐험을 떠날 때

우리는 항상 대단히 세심하게 우리가 지나온 길에 표시를 해 뒀다.

면 아무리 멀리 가더라도 언제나 아주 세심하게 지나온 길에 표시를 해 뒀는데, 곤경에 처하게 되면 다시 먹을 것이 있는 야영장으로 돌아올 수 있도록 하기 위해서였다.

우리가 감각에 의지해서 앞으로 나아갈 때 가장 도움이 된 건 폴리네시아였다. 출발하기 전에 박사님은 폴리네시아에게 정찰을 하게끔 한 후 본 것들을 보고하도록 했다. 이렇게 함으로써 미리 대비할 것들에 대한 아이디어를 얻었다. 그뿐 아니라 박사님은 측량 도구들이 든 주머니를 가져와서는 얼마나 경로를 변경했든 상관없이 자신이 만든 표에 대강이나마 표시를 했다.

처음 원정을 떠날 때는 필요한 야채와 열매를 얻으려면 맨 처음 열매를 찾아낸 곳이 어디인지 잊지 말아야 한다고 생각했다. 하지만 폴리네시아의 정찰을 통해 우리 앞에 또 다른 숲이 있다는 걸 알게 됐다. 우리는 전문가 치치를 그 숲으로 보냈다. 그리고 돌아온 치치가 그곳에 있는 먹을 것들이 우리가 지나온 곳에 있는 것보다 훨씬 더 좋다고 말하자 우리는 망설이지 않고 기존의 터전을 떠나서 신비에 싸인 달의 반대편으로 향했다.

우리가 달의 안쪽으로 들어갈수록 식물에 대한 박사님의 연구도 진척이 있었다. 박사님이 새로운 장치를 설치하고 식물의 언어와 관련된 또 다른 문제와 씨름할 때면 우리는 매번 이동을 멈추고 나흘이나 닷새 동안 야영을 했다. 박사님에게는 연구가 점점 더 수월해지는 것 같았다. 분명히 식물의 움직임은 점점 더 복잡해지고 점점 더 활기를 띠었다. 이제 우리 모두 식물들 사이에서 일어나는 이상한 일들에 점점 익숙해져 갔다. 과학 지식이 없는 내 눈에도 이곳에 있는 꽃과 덤불들이 아주 자유롭게, 수많은 방법으로 서로 말을 주고받는 게 보일 정도였다.

난 허영심 많은 백합(훗날 박사님이 그렇게 부르기로 했다.)과의 첫 만남을 결코 잊을 수 없을 것이다. 그건 길고 가는 줄기에 핀 크고 화려한 꽃이었는데 무리 지어 흔들리면서 움직이는 게 마치 파티에서 쑥덕거리는 사람들 같았다. 우리가 처음 봤을 때는 거의 움직이지 않았다. 하지만 우리가 다가갈수록 마치 우리가 온 게 불안한 듯, 아니면 우리에게 관심이 있다는 듯 움직임이 점점 커지는 것이었다.

두말할 것도 없이 그들은 내가 본 꽃 중에서 가장 아름다웠다. 언제나 그렇듯 바람은 일정했고 방향도 바뀌지 않았다. 하지만 우리가 가까이 다가갈수록 무리 지어 서 있는 그 거대한 줄기에 달린 꽃들이 어찌나 불안해하는지 박사님은 다가가는 걸 포기하고 멈춰서서 그 식물을 살펴보기로 결정했다.

우리는 야영을 하기로 했다. 이곳에서 야영이란 굉장히 간단한 일이었는데, 천막을 치거나 불을 피울 필요가 없기 때문이었다. 우리는 말 그대로 짐을 푼 다음 먹을 걸 구해 오고 잠자리를 펴기만 하면 됐다.

우리는 하루 종일 걸어서 피곤했다. 습지 같은 곳에 있는 백합들 너머로 좀 더 이상하게 생긴 나무와 꽃이 핀 덩굴식물이 있는 새로운 밀림 지역이 보였다.

분명히 식물들의 움직임은 점점 더 복잡해지고 점점 더 활기를 띠었다.

우리는 말없이 저녁 식사를 서둘러 마친 후 누워서 이불을 끌어당겼다. 어둠이 짙어질수록 숲에서 들리는 음악 소리는 점점 커져 갔다. 마치 모든 식물이 자신들의 터전에 침입한 불청객들에게 말을 하는 것 같았다.

우리가 깜박 잠이 들었을 때쯤 음악이 들리는 숲 위에서 수벌이 나는 소리가 들렸다. 평상시처럼 거대한 곤충 몇 마리가 다른 세계에서 온 생명체를 감시하며 주변을 맴돌고 있는 것이었다.

우리는 달에서 여러 식물을 경험했지만 그중에서도 허영심 많은 백합을 만났을 때가 가장 독특하고도 박진감 넘쳤던 것 같다. 허영심 많은 백합의 말에 대한 박사님의 연구는 이틀 동안 비약적인 발전을 이뤘다. 박사님은 이 모두가 자신의 노력 덕분이 아니라 허영심 많은 백합이 가진 보기 드문 지능과 우리를 도우려는 의지 덕분이라고 말했다. 하지만 박사님이 그전부터 다른 나무나 덤불의 말을 열심히 연구하지 않았다면 백합과 그렇게 빨리 말이 통하기는 힘들었을 것이다.

셋째 날이 끝날 무렵 치치와 폴리네시아와 나는 존 둘리틀 박사님이 진짜로 이 꽃들과 대화를 할 수 있게 됐다는 걸 알고 까무러치게 놀랐다. 박사님과 꽃들 간의 대화는 굉장히 작은 기구의 도움을 받아서 이루어졌다. 박사님은 이 허영심 많은 백합들이 꽃잎의 움직임을 통해 자기들끼리 대화를 주고받는다는 사실을 알아냈다. 같은 종이 아닌 식물이나 새, 곤충과 대화할 때는 다른 방법을 사용했다. 하지만 자기들끼리 말할 때는 주로 꽃잎을 흔들었다.

드넓은 강변에 피어난 백합은 대단히 멋지고 아름다웠다. 백합 꽃은 지름이 45센티미터 정도 되어 보였고 트럼펫 모양이었으며 화사한 색상을 띠었다. 부드러운 크림색 바탕의 꽃잎 가운데에 있는 새까만 혀 주변에 보라색과 주황색을 띤 큰 반점이 있었다. 잎사귀들은 짙은 녹황색이었다.

그런데 이 허영심 많은 백합의 가장 큰 특징은 지능을 가진 것 같은 기이한 생김새였다. 자연사나 달에 있는 식물에 문외한이더라도 저 멋진 꽃을 보면 단번에 이들의 생김새에 관심을 갖지 않을 수 없었다. 식물이 아닌 사람과 함께 있는 느낌이 들 뿐 아니라 이 식물과 얘기하는 게 세상에서 가장 자연스러운 일인 것처럼 느껴졌다.

나는 박사님의 두툼한 공책 두 권을 박사님과 허영심 많은 백합의 대화로 가득 채웠다. 박사님은 나중에도 달의 식물에 대해 더 알고 싶을 때면 언제나 백합에게 다시 되돌아갔다. 박사님이 우리에게 설명했다시피, 지금까지는 달이나 지구에 있는 식물 중에서 가장 높은 수준으로 진화했다고 알려진 식물이 바로 허영심 많은 백합이기 때문이었다.

백합꽃은 지름이 45센티미터 정도됐다.

13장

여러 향기를 지닌 꽃

맨 처음 허영심 많은 백합이 자라는 습지에 들어갔을 때 우리를 당황시킨 게 있었는데 그건 바로 코를 찌르는 여러 가지 냄새였다. 이 지역에서 1킬로미터 정도 떨어진 주변 지역에 다른 꽃들은 눈에 띄지 않았다. 습지의 전 지역이 백합들로 뒤덮여 있었고, 이들의 영토를 침입한 건 아무것도 없었다. 그럼에도 분명히 최소한 대여섯 종류의 향이 동시에 풍겼다. 처음에 우린 정글이나 황야에 있는 다른 식물의 향이 바람을 타고 여기까지 온 것이라고 생각했다. 하지만 그 산들바람은 사막 너머에서 불었으므로 이렇게 강한 향기가 바람을 타고 여기까지 올 것 같지는 않았다.

백합이 자기 마음대로 여러 가지 향기를 내뿜을 수 있을지도 모른다는 생각을 처음 한 건 바로 박사님이었다. 박사님은 곧바로 확인 작업에 착수했다. 그리고 백합과의 대화를 통해 박사님의 추측이 확신으로 변하기까지 2분도 채 걸리지 않았다. 박사님은 지프가 이곳에 함께 오지 않아서 아쉽다고 말했다. 냄새 전문가인 지프가 여기 있었다면 큰 도움이 되었을 것이다. 하지만 백합이 마음만 먹으면 적어도 대여섯 종류의 향기를 내뿜을 수 있다는 사실을 확인하는 건 그다지 예민하지 않은 사람의 코로도 충분했다.

그 향기들은 대부분 굉장히 좋았지만 사람을 기절시킬 만한 냄새도 한두 가지 있었다. 자신이 풍길 수 있는 모든 냄새를 내뿜던 백합들은 이 재능에 대한 박사님의 질문을 듣자마자 곧 악취를 뿜어 냈다. 맨 처음 그 냄새를 맡은 치치는 기절하고 말았다. 그건 꼭 치명적인 가스 같았다. 눈에 들어가자 눈물이 나왔다. 박사님과 나는 의식을 잃은 치치를 안은 채 몸을 날려서 간신히 숨이 막히는 걸 피할 수 있었다.

백합들은 자신들이 내뿜은 악취 때문에 우리가 괴로워한다는 걸 깨닫자 곧바로 내가 맡아 본 냄새 중에서 가장 향기로우면서도 고통을 진정시킬 만한 향기를 내뿜었다. 그들은 우리를 기쁘게 해 주고 싶어 했고, 우리와 친구가 되고 싶어 하는 게 분명했다. 실제로 훗날 내가 한 글자도 빼먹지 않고 기록한 박사님과 백합들의 대화를 보면, 백합들은 이리저리 돌아다닐 수 없는데도 위대한 자연학자인 존 둘리틀 박사님에 대해 익히 알고 있었을 뿐 아니라 박사님이 달에 오기를 오랫동안 기다려 왔다는 사실을 알 수 있다. 우리는 이 백합들 덕분에 달에 온 이후 처음으로 친구들과 함

맨 처음 그 냄새를 맡은 치치는 기절하고 말았다.

께 있다는 느낌이 들었다.

박사님과 달에 사는 식물들이 무슨 말을 주고받았는지 여러분에게 알려 주기 위해서는 박사님이 내게 받아 적으라며 번역해 준 박사님과 백합의 대화 일부를 이곳에 옮겨 적는 게 제일 좋을 것 같다. 물론 그래도 사람이 꽃과 이야기를 할 수 있다는 사실을 믿지 않는 사람들이 분명 수두룩할 것이다. 하지만 난 별로 신경 쓰지 않는다. 박사님이 물고기나 곤충 등 발달 수준이 다른 동물들이 쓰는 언어들을 대부분 익혔다는 사실을 아는 사람이라면 보기 드물게 지능을 갖춘 식물의 존재를 알게 된 박사님이 그 식물과 대화할 수 있게 된 걸 전혀 이상하게 생각하지 않을 거라고 확신한다.

그 다사다난한 날들을 기록한 내 일기장을 훑어보니 그때의 장면이 눈앞에 생생하게 펼쳐진다. 해가 지기 한 시간쯤 전 햇빛이 희미해지면서 주위가 어스름해졌는데 달에서는 그때가 진짜 밤과 가장 가까웠다. 우리가 야영장을 떠날 때 박사님은 어깨 너머로 나를 다시 부르더니 오늘 밤 꽤 큰 진전이 있을 것 같으니 공책을 좀 더 가져오라고 말했다. 나는 공책을 세 권 더 준비한 다음 박사님을 따라 나섰다.

백합들 때문에 치치가 거의 질식할 뻔한 후 백합과 수백 미터 떨어진 곳에서 야영을 한 우리는 백합 밭에서 20보쯤 떨어진 곳에서 걸음을 멈췄고, 박사님은 땅에 쭈그려 앉더니 머리를 흔들기 시작했다. 그러자 그 즉시 백합들이 머리를 앞뒤, 양옆으로 흔들기도 하고 살짝 까딱거리거나 깊숙이 숙이기도 하는 등 대답을 하려고 움직이기 시작했다.

"준비됐니, 스터빈스?" 박사님이 물었다.

"네, 박사님." 난 연필심이 얼마 동안은 충분할 거라고 확신하면서 대답했다.

"좋아, 적으렴." 박사님이 말했다.

박사님 : "너희는 이동하지 못하는 이 삶이 마음에 드니? 내 말은 다른 데로 가지 못하고 언제나 같은 곳에서 사는 삶 말이야."

백합들 (여럿이 한꺼번에 대답하는 것 같았다.) : "그럼요. 물론이에요. 걷지 못한다고 해서 어려운 건 없어요. 주변에서 무슨 일이 일어나는지 다 듣고 있거든요."

박사님 : "누구로부터 듣는다는 거야?"

백합들 : "다른 나무나 벌이랑 새가 소식을 알려 줘요."

박사님 : "오! 너희는 벌이나 새하고도 얘기를 하니?"

백합들 : "그럼요, 물론이죠!"

박사님 : "하지만 벌이나 새는 너희와는 다른 종인데."

백합들 : "맞아요. 하지만 벌은 우리에게 꿀을 얻으러 와요. 그리고 새들, 특히 솔새들은 우리 나뭇잎 사이에 앉아서 노래도 하고 얘기도 하면서 우리에게 세상 소식을 전해 줘요. 또 뭘 알고 싶으세요?"

박사님 : "아, 그렇구나. 정말 그렇겠구나. 내 말은 너희들이 불만

"준비됐니, 스터빈스?"

이 있을 거라는 뜻은 아니었어. 그런데 너희들은 움직이고 싶지 않니? 여행을 하고 싶지 않아?"

백합들 : "세상에, 절대로요! 움직이는 게 뭐가 좋은데요? 편하기만 하다면 집만 한 곳이 없어요. 우리는 이렇게 사는 것이 즐거워요. 그리고 굉장히 안전해요. 주위에 급하게 서두르는 친구들은 항상 다리가 부러지는 등 사고를 당해요. 우리는 그런 사고를 당할 일이 없죠. 우리는 가만히 앉아서 돌아가는 세상을 봐요. 종종 우리끼리 수다를 떨기도 하고요. 또 벌이나 새가 세상 소문을 전하며 우리를 즐겁게 해 준답니다."

박사님 : "너희들은 새와 벌의 말을 정말 잘 이해하는구나. 놀라워."

백합들 : "아, 그럼요. 딱정벌레와 나방이 하는 말도 알아듣는 걸요."

대화를 기록하다가 허영심 많은 백합들이 앞을 볼 수 있다는 놀라운 사실을 깨달은 건 바로 이때쯤이었다. 여러분에게 말했다시피 달에서는 빛이 언제나 약간 희미했다. 박사님은 얘기를 하다가 문득 담배가 피우고 싶어졌다. 그래서 백합들에게 담배 연기를 싫어하는지 물었다. 백합들은 담배를 한 번도 경험해 본 적이 없어서 잘 모르겠다고 말했다. 그러자 박사님이 파이프에 불을 붙이고는 백합들이 싫어하면 피우지 않겠다고 말했다.

주머니에서 성냥갑을 꺼낸 박사님이 성냥불을 켰다. 우리는 성냥불을 켠 후에야 달을 밝히는 빛이 얼마나 희미한지 깨달았다. 우리는 연기를 피울 땔감을 구하기 위해 나무에 불을 붙이는 실험을 할 때 훨씬 큰 불을 피우긴 했다. 하지만 그때는 무엇보다도 실험 결과에 초점을 맞췄다. 그런데 이번에 백합들이 고개를 뒤로 홱 젖히면서 불을 피하는 걸 보고 평상시 백합에게 익숙한 빛의 밝기가 성냥 불빛만으로도 크게 달라진다는 걸 알게 됐다.

박사님이 성냥불을 켰다.

꽃을 위한 거울

백합들이 성냥 불빛에 몸을 움츠리는 걸 본 박사님은 자신이 켠 성냥불이 백합들에게 미친 예상치 못한 효과에 큰 관심을 갖게 됐다.

박사님이 속삭였다. "스터빈스, 백합들이 열을 느끼지는 못했을 거야. 우리가 아주 멀리 떨어져 있었으니까. 백합들이 몸을 움츠린 게 이 불빛 때문이라면 백합에게 빛을 감지할 수 있는 기관이 있다는 얘기이고, 그렇다면 이들이 앞을 볼 수 있는 게 틀림없어. 더 자세히 알아봐야겠다."

박사님은 백합들이 자신들의 시력에 대해 얼마나 더 얘기해 줄 수 있는지 알아보기 위해 다시 질문을 하기 시작했다. 박사님은 자신의 손을 불쑥 내밀고는 백합들에게 자신이 방금 뭘 했는지 아느냐고 물었다. 백합들은 박사님이 무엇 때문에 그러는지 몰랐지만 질문을 받을 때마다 박사님이 한 행동을 정확히 말했다. 그러자 박사님은 이번에는 커다란 꽃송이에 가까이 다가가더니 꽃의 둘레를 따라 손을 빙그르르 돌렸다. 그러자 그 꽃은 고개를 돌려 가며 원을 그리면서 움직이는 손을 바라보는 것이었다.

우리는 백합의 눈이라고 부를 만한 게 어느 기관 안에 있는지 끝내 찾아내진 못했지만 허영심 많은 백합들이 나름대로 앞을 볼 수 있다는 사실은 의심할 여지가 없었다.

박사님은 이 문제를 풀기 위해 몇 날 며칠을 보냈다. 하지만 박사님은 결국 답을 알아내지 못했다고 내게 말했다. 꽃에서 눈처럼 생긴 기관을 찾지 못한 박사님은 백합이 시력 대신 고도로 발달한 다른 감각을 통해 보는 것과 같은 효과를 얻고 있다는 결론을 낼 수밖에 없었다.

박사님이 말했다. "스터빈스, 인간에게 오감이 있다고 해서 다른 생물들에게 더 많은 감각이 없으리라는 법은 없어. 육감을 지닌 새들이 있다는 건 이미 오래전에 알려진 사실이지. 저 꽃들이 빛을 느끼고 색깔이나 움직임, 모양을 인식하는 걸 보면 눈은 없지만 보는 법을 알고 있는 것 같아. 흐음, 그래, 눈 말고 다른 기관으로 볼 수 있을지도 몰라."

하루 일과를 마친 그날 밤 자신의 짐을 살펴보던 박사님은 우연히 서류들 사이에서 그림이 삽입되어 있는 카탈로그를 발견했다. 잉글랜드의 거의 모든 씨앗 판매상과 묘목업자들이 정원을 가꾸는 데 열정적인 존 둘리틀 박사님에게 카탈로그를 보내곤 했던 것

박사님은 꽃의 둘레를 따라 손을 빙그르르 돌렸다.

이다.

몹시 기뻐하며 멋진 카탈로그를 한 장씩 넘기던 박사님이 외쳤다. "세상에! 스터빈스, 이걸로 저 백합들이 볼 수 있는지 확인해 보면 되겠어. 천연색 꽃 그림들로 말이야."

다음 날 허영심 많은 백합들에게 그 카탈로그를 가져가 이야기를 나눈 박사님은 대단히 멋진 결론을 얻었다. 박사님은 밝은 곳에서 피튜니아와 국화, 접시꽃이 그려진 천연색 그림을 백합꽃에게 보여 줬다. 박사님의 이 행동에 대한 백합들의 반응이 얼마나 뜨겁던지 치치와 나조차도 단번에 그들의 반응을 눈치챌 수 있었다. 트럼펫 모양을 한 그 거대한 꽃들이 카탈로그를 더 자세히 보기 위해 자신들의 가냘픈 줄기를 앞으로 쑥 내밀었던 것이다. 그들은 서로에게 고개를 돌리고 심각한 대화를 나누는 듯했다.

나중에 박사님이 그들이 한 말을 내게 통역해 주었고, 난 모두 공책에 기록했다. 백합들은 카탈로그 속의 꽃들이 무엇인지 가장 궁금해 하는 것 같았다. 백합들은 자기들끼리 그 꽃들(혹은 꽃들의 종류)에 대해 이야기를 나눴다. 우리가 달의 식물 사회(훗날 박사님이 이렇게 표현했다.)에 대해 알게 된 건 이때가 거의 처음이었다. 이 아름다운 꽃들은 마치 인간 여성들처럼 다른 세계의 아름다운 꽃 그림을 보고 놀라움을 감추지 못했고 카탈로그 속 꽃들에 대한 모든 것을 알고 싶어 했다.

사실 박사님이 이 식물을 허영심 많은 백합이라고 부르게 된 이유도 백합들이 가진 외모에 대한 관심 때문이었다. 백합들은 자신들의 언어로 카탈로그 속 색다른 꽃들에 대해 몇 시간 동안이나 박사님에게 질문을 해댔다. 그들은 박사님이 지구에 있는 꽃 대부분의 실제 크기를 말해 주자 상당히 실망한 듯했다. 하지만 다른 세상에 있는 형제들이 적어도 크기로는 자기들과 경쟁 상대가 되지 않는다는 사실을 알게 되자 기뻐하는 눈치였다. 그리고 박사님으로부터 지구에서는 꽃이나 식물이 사람이나 새 등 다른 동물과 대화를 하지 않는다는 설명을 듣더니 아주 혼란스러워 했다.

이들에게 각자의 외모에 대해 묻던 박사님은 그들이 외모에 얼마나 관심이 많은지 알고는 상당히 놀랐다. 박사님은 백합들이 물 표면에 비친 자신들의 모습을 보기 위해 항상 물에 더 가까이 다가가려 노력한다는 걸 알게 됐다. 그들은 벌이나 새가 와서 자신들의 멋진 꽃잎에 꽃가루를 흘리거나 암술의 위치를 흐트러뜨리면 불같이 화를 냈다.

박사님은 여러 백합 그룹과 이야기를 나눴고 또 한 그루씩 개별적으로도 이야기를 나눴다. 그 과정에서 백합들은 예전엔 거울로 쓸 수 있는 멋진 웅덩이나 개울 가까이에서 평화롭게 살았는데 햇볕에 그 물이 증발하면서 바짝 마른 흙만 남는 과정을 슬프게 지켜봤다고 말했다.

그 이야기를 들은 박사님은 질문을 잠시 멈추고 이 운 없는 식물들을 위해 말라 버린 천연 거울 대신 이들의 모습을 비춰 줄 만한 도구를 만드는 작업에 착수했다.

우리에게는 박사님의 면도용 거울 외에 다른 거울은 없었다. 그

박사님은 백합들에게 카탈로그를 보여 줬다.

렇다고 박사님이 아끼는 그 거울을 줄 수는 없는 노릇이었다. 그래서 우리는 가져온 식량 중 과일 절임과 정어리 절임이 든 통의 뚜껑과 밑바닥을 흙으로 닦아 광을 낸 다음 나무 막대기에 붙여 세워서 백합들이 그것에 비친 자신들의 모습을 볼 수 있도록 했다.

박사님이 말했다. "모든 건 원래 자신들이 원하는 대로 성장하게 마련이야. 이 꽃들은 아름다움과 추함에 대해 자신들만의 뚜렷한 생각을 갖고 있어. 우리가 만들어 준 이 도구가 비록 좋진 않아도 이 식물들의 진화에 분명히 영향을 미칠 거야."

새 거울을 갖게 되어 행복해진 허영심 많은 백합들이 바람에 흔들리면서도 고개를 이리저리 돌려 가며 꽃가루로 덮인 자신들의 꽃잎이 부드러운 빛을 받아 어떻게 반짝이는지 서로 비교하면서 속삭이거나 수다를 떠는 모습은 달에서 겪은 여러 모험 중에서도 내 기억 속에 가장 크게 자리하고 있다.

나는 다른 일만 없었다면 박사님이 이 고등 식물에 대한 연구에 여러 달 동안 심혈을 기울였을 거라고 믿는다. 백합들에게는 배울 게 정말 많았다. 예를 들어 백합들은 훗날 박사님이 독 백합 또는 흡혈귀 백합이라고 이름 붙인 또 다른 백합 종에 대해 들려 주었다. 넓은 공간을 독차지하고 싶어 한 이 꽃은 허영심 많은 백합들이 내뿜는 불쾌한 냄새보다도 훨씬 지독하고 치명적인 냄새를 내뿜어서 자신들의 뜻을 관철시켰고, 그 결과 그 무엇도 독 백합 옆에 오래 머무를 수 없게 됐다.

허영심 많은 백합이 알려 준 방향으로 가서 마침내 이 독 백합들과 맞닥뜨린 우리는 이 식물이 우리를 싫어한 나머지 우리를 죽이기 위해 유독 가스를 내뿜는 게 아닐까 겁먹은 채 이야기를 나눴다.

박사님은 허영심 많은 백합들이 우리에게 알려 준 또 다른 식물들에게서 '번식의 방법'에 대해 많은 걸 배웠다. 예를 들어 어떤 덤불은 일부러 빨리 성장해서 한 해에도 몇 번씩 씨앗을 퍼뜨림으로써 다른 잡초들을 밀어낸다고 했다.

우리는 이 식물들을 찾기 위해 돌아다니다가 자연 상태에서 달꽃이 무성하게 자라고 있는 큰 들판에 다다랐다. 눈부신 주황색 들판이 끝없이 펼쳐진 그 모습은 정말 근사했다. 그리고 대기는 달꽃이 내뿜는 상쾌한 향기로 가득했다. 박사님은 이곳에서 혹시 거대한 나방을 볼 수 있지 않을까 기대했다. 그러나 몇 시간 동안 주위를 돌아다녀 봐도 곤충의 흔적은 눈에 띄지 않았다.

우리는 그걸 나무 막대기에 붙여 세웠다.

→ 15장 ←

새 옷 만들기

존 둘리틀 박사님이 중얼거렸다. "난 우리를 이리로 데려다준 나방이 왜 사라져 버렸는지 도무지 모르겠어."

"나방이 그러고 싶어서 그런 게 아닐지도 몰라." 폴리네시아가 중얼거렸다.

"그게 무슨 말이니?" 박사님이 물었다.

폴리네시아가 대답했다. "그러니까, 나방이나 다른 동물들이 우리를 피하는 이유가 있을지도 모른다는 거야."

"달 인간을 말하는 거니?" 박사님이 물었다.

하지만 폴리네시아는 이 질문에 대답하지 않았고 그 얘기는 중단되었다.

"난 그 문제는 별로 신경 쓰이지 않아요." 치치가 말했다.

모두 아무 말이 없었다. 그리고 치치가 말을 잇기 전에 난 우리 모두가 치치의 마음속 생각을 짐작하고 있다는 걸 알았다.

마침내 치치가 말했다. "제가 신경이 쓰이는 건 우리가 집으로 어떻게 돌아가느냐는 문제예요. 무슨 이유 때문인지는 모르겠지만 어쨌든 우리는 달에 사는 친구들에 의해서 여기까지 오게 됐어요. 그런데 그 친구들이 우리 눈앞에 다시 나타나지 않는다면 우리가 지구로 돌아갈 기회는 영영 없을 거예요."

또다시 짧은 침묵이 이어졌고 그 동안 우리 모두 조금은 심각하고 우울한 생각에 잠겼다.

박사님이 말했다. "자, 기운 내. 기운 내자구! 달 친구들을 만날 때까지는 그 문제에 신경 쓰지 말자. 아무도 이 친구들이, 그게 누구든, 우리를 진짜 싫어하는지 확실히 모르잖아. 이 친구들이 일을 더디게 하는 데에는 우리가 모르는 무슨 이유가 있을 거야. 이 세계가 우리에게 그렇듯 우리 역시 이곳에 사는 생물들에게 낯설고 기이한 존재라는 걸 기억해야 해. 우린 이 사실이 악몽이 되도록 해서는 안 돼. 우리가 여기 온 지, 어디 보자, 2주가 채 되지 않았어. 여긴 멋진 곳이고 배울 게 아주 많아. 식물들은 분명히 우리에게 호감을 갖고 있어. 그리고 우리가 여유를 준다면, 다른 친구들도 분명 우리에게 호감을 갖게 될 거야."

이때쯤 또 다른 문제가 생겼는데, 달에 있는 먹을 것들이 우리 몸에 미치는 영향이 그것이었다. 그 문제에 대해 처음으로 말을 꺼낸 건 바로 폴리네시아였다.

어느 날 폴리네시아가 말했다. "토미, 너 어마어마하게 키도 크고 살도 많이 찐 것 같아. 그렇지 않니?"

"어, 내가? 흐음, 허리띠가 꽉 조이는 것 같긴 했는데. 난 그냥 클 때가 되어서 크는 거라고 생각했지."

앵무새가 말을 이어 갔다. "박사도 마찬가지야. 내 눈에 문제가 생긴 게 아니라면 박사도 키가 크고 있는 게 분명해."

박사님이 말했다. "흐음, 바로 확인해 보자. 내 키는 정확히 160 센티미터야. 가방에 60센티미터 자가 있으니 지금 당장 나무에 서서 키를 재야겠어."

키를 잰 박사님은 자신의 키가 달에 온 이후로 7센티미터도 넘게 큰 걸 알고 깜짝 놀랐다. 난 달에 오기 전에 내 키가 얼마였는지 정확히 몰랐다. 그래도 키를 재 보니 내가 생각한 것보다 훨씬 컸다. 허리둘레도 엄청나게 늘어난 게 분명했다. 치치 역시 더 커지고 더 뚱뚱해진 것 같았다. 폴리네시아는 몸집이 아주 작았기 때문에 전과 달라졌는지 알아볼 수 있으려면 어마어마하게 커져야 했다.

아무튼 우리가 이곳에 온 후 부쩍 체구가 커진 건 의심할 여지가 없었다.

박사님이 말했다. "충분히 납득할 만해. 여기 있는 식물과 곤충 모두 지구에 있는 같은 종보다 훨씬 커. 그들이 자라는 데 영향을 미친 기후, 음식, 대기, 기압 등이 우리에게도 같은 영향을 미친 거지. 이곳엔 생물학자와 생리학자들이 연구할 게 대단히 많아. 우리가 계속 여기 산다면 긴 계절(아니면 계절이 사실상 없는 거라고 말할 수도 있겠지.)이나 이곳에 사는 동식물의 긴 수명에 영향을 미친 다른 외부 환경들 덕에 우리 수명도 수백 년으로 늘어날지도 몰라. 며칠 전에 흡혈귀 백합이 나하고 얘기할 때 바람에 꺾이거나 우연히 부러진 꽃들도 수분이 약간만 있으면 여러 주, 심지어 여러 달 동안 싱싱하다고 했어. 나방이 퍼들비에 가져온 달꽃이 그렇게 싱싱했던 것이 이해가 돼. 아니, 이곳 기후는 지구와 전혀 다르다고 봐야 해. 앞으로도 놀랄 일이 얼마나 많을지 모르겠다. 흐음, 아마 집으로 돌아가면 원래 크기로 줄어들 거야. 우리가 너무 거대해지지 않으면 좋겠는데. 조끼가 벌써 너무 꽉 끼는걸. 우리가 일찌감치 이 사실을 깨닫지 못하다니 이상하구나. 하긴, 다른 데에 모든 관심이 쏠려 있었으니."

실제로 우리는 눈앞에 펼쳐진 온갖 새로운 것에 관심이 쏠린 나머지 우리 몸에 일어난 변화를 눈치채지 못했다. 그런데 그 후 며칠 동안 빠른 속도로 커져 가는 우리 몸이 나는 심각하게 걱정되기 시작했다. 내 옷들은 말 그대로 찢어져 버렸고 박사님 옷들도 마찬가지였다. 우리는 결국 새로운 옷을 만들 만한 재료가 있는지 찾아보기로 했다.

박사님은 마름질에 대한 건 하나도 몰랐지만 다행히 사람들이 입는 옷과 옷감을 짤 때 쓰이는 식물이나 재료와 관련된 자연사 지식을 갖고 있었다.

우리가 입고 있는 모든 옷이 한계에 다다랐다고 생각한 어느 날

"토미, 너 어마어마하게 키가 큰 것 같아."

박사님의 키도 7센티미터 정도 자란 상태였다.

오후 박사님이 말했다. "어디 보자. 목화는 안 돼. 설령 구한다고 해도 옷감을 짜는 건 물론이고 실을 잣는 것도 너무 오래 걸려. 아마? 아니야. 목화와 마찬가지야. 그리고 이곳에서 아마처럼 생긴 걸 본 적이 없어. 이제 남은 건 뿌리섬유인데. 그런 재질로 옷을 만들어 입어야 한다면 우리 신세가 참 딱한걸. 아무튼 뭐가 있는지 찾아봐야겠어."

우리는 치치의 도움을 받아 숲을 뒤졌다. 며칠이 걸리긴 했지만 어쨌든 우리는 적당한 걸 찾아냈다. 그건 습지에서 자라는 나무였는데 생김새가 이상하긴 했지만 잎사귀는 널찍하고 부드러웠다. 우리는 이 잎들을 제대로 말리기만 하면 뻣뻣해지거나 찢어지지 않고 어느 정도 부드러운 성질이 유지된다는 걸 알았다. 바느질을 해도 찢어지지 않았다. 치치와 폴리네시아가 우리에게 필요한 실을 가져왔다. 그들은 포도나무의 아주 가느다란 덩굴을 직접 가늘게 찢은 다음 꼬아서 실을 만들었다. 그리고 어느 날 저녁 작업을 시작한 우리는 일단 새 옷의 모양대로 잎을 잘랐다.

"옷을 아주 넉넉한 크기로 만드는 게 좋겠어." 박사님이 바위 작업대 위에서 가위를 흔들며 말했다. "이 옷이 얼마나 빨리 작아질지 아무도 모르거든."

마침내 옷이 완성되자 우리는 새 옷을 입어 보았고 서로를 놀리면서 낄낄댔다.

존 둘리틀 박사님이 말했다. "마치 로빈슨 크루소 가족 같구나. 괜찮아. 우리한테 딱 적당한 옷이야. 우리가 찬밥 더운밥 가릴 처지는 아니지."

우리는 가진 걸 모두 작은 조각으로 자른 다음 두세 조각을 이어 붙여 속옷 한 벌을 지었다. 우리는 여전히 재단한 옷을 입어 보는 게 겁났다. 다행스럽게도 기후가 매우 온화해서 옷을 많이 껴입을 필요는 없었다.

"이제 신발은 어떡하죠? 신발 위쪽이 다 뜯어져 버린걸요." 내가 상의와 바지를 입으면서 말했다.

치치가 말했다. "그건 쉬워. 밀림에서 열매를 찾으면서 봐 둔 나무가 있어. 나무껍질이 쉽게 벗겨지니까 그걸 잘라서 샌들에 넣으면 꽤 오래 갈 거야. 그게 네 발에 고정되도록 가죽 끈으로 단단히 묶는 게 좀 힘들 뿐이지."

치치는 자신이 말한 나무로 우리를 안내했고 우리는 곧 적어도 일주일은 버틸 만한 신발을 만들어 신었다.

박사님이 말했다. "좋아! 이제 당분간은 옷 걱정 없이 더 중요한 문제에 관심을 쏟을 수 있겠다."

"우리는 마치 로빈슨 크루소 가족 같구나."

⤳ 16장 ⤶

달에 대한 원숭이의 기억

달의 초기 역사가 대화의 주제로 등장한 건 우리가 또 다른 식물을 만나러 가는 길에서였다. 박사님은 나뭇잎들끼리 부딪치거나 속삭이는 방법으로 대화를 하는 '속삭이는 덩굴'에 대해 듣게 됐다.

박사님이 물었다. "치치, 네 할머니가 고대의 이야기를 들려주실 땐 이상하거나 특이한 식물에 대해 말씀하신 적이 있니?"

치치가 대답했다. "아니요. 달이 생겨나기 전 시기에 대해 말씀하실 땐 동물과 사람 얘기가 다였어요. 나무가 아주 울창한 곳이나 황폐한 곳, 사막에 대한 얘기를 빼면 나무나 풀 같은 식물을 언급하신 적은 거의 없어요. 왜 그러세요?"

"흐음, 많은 과학자들이 믿는 것처럼, 나도 달이 한때 지구의 한

132

부분이었다고 생각해. 그런데 그렇다면 왜 이곳에 지구에서 볼 수 있는 그 많은 종류의 풀이나 나무가 없는지 의아해."

폴리네시아가 말했다. "그렇지 않아, 박사. 아스파라거스 숲이 있잖아?"

"그렇긴 해. 생김새가 지구에 있는 식물을 연상시키는 식물이 많아. 여기 식물이 훨씬 크긴 하지만. 그런데 달에서는 풀과 나무가 주고받는 말이나 식물이 사회적으로 진화했다는 증거들이 이미 인정받고 있잖아. 난 그게 오래전에, 그러니까 달이 존재하기 이전에, 지구에서 시작된 건 아닐까 생각해. 우리가 꽃이나 나무에게 대화의 수단이 없다고 생각한 건 단지 우리 자연학자들이 일찍이 식물의 말을 이해하지 못했기 때문인 거지."

"생각해 볼게요." 치치가 이렇게 말하더니 양손으로 머리를 꾹 눌렀다.

얼마 후 치치가 말했다. "할머니가 선사시대의 예술가인 오소블러지에 대한 얘기를 들려주신 게 기억나긴 해요. 할머니는 그 예술가가 돌 끝의 손잡이나 집에서 쓰는 다른 도구들을 만들 때 사용한 특정 나무에 대해 얘기하신 적이 있어요. 이를테면 물그릇을 만들 때 사용한 나무를 설명하는 식이었죠. 하지만 말을 할 수 있는 나무나 풀에 대한 얘기를 하신 적은 없어요."

정오쯤 우리는 속삭이는 덩굴식물을 찾아 돌아다니는 걸 잠시 중단하고 점심을 먹기로 했다. 우리는 예전 야영장을 떠나 겨우 두세 시간 걸었을 뿐이었지만 달에서 걸을 때는 속도를 내는 게

"생각해 볼게요." 치치가 말했다.

워낙 수월한 탓에 지구에서 두세 시간 걸은 거리에 비하면 대단히 먼 거리를 이동했다. 거의 일주일 동안 우리는 날마다 박사님이 식물 연구를 위한 특별 장치를 설치한 기지를 떠나 허영심 많은 백합이 말한 새로운 종류의 식물들을 찾기 위한 탐험에 나섰다. 우리는 항상 어둠이 내리기 전에 기지로 돌아왔다. 그리고 이날 정오에 박사님은 뒤로 기댄 채 정글 가장자리에서 딴 노랗고 커다란 얌 조각을 오도독오도독 씹고 있었다. 우리는 영양이 풍부한 얌을 거의 주식으로 삼았다.

박사님이 말했다. "치치, 고대의 예술가인 오소 블러지의 이야기가 어떻게 끝나는지 말해 줄래? 흥미로운 이야기야."

치치가 말했다. "말씀 드린 게 거의 전부예요. '달이 생기기 전 시대에는 말이야' 할머니는 항상 이렇게 이야기를 시작하셨죠, 사람이라고는 오소 블러지 단 한 명뿐이었고, 그는 홀로 지냈어요. 돌 칼로 뿔이나 뼈에 그림을 그리는 게 그의 취미였죠. 그는 사람을 그리겠다는 대단한 야망을 품고 있었지만 세상에 사람이라곤 오소 블러지 혼자뿐이었으니 보고 그릴 사람이 없었지요. 어느 날 그가 보고 그릴 사람이 있으면 좋겠다며 큰 소리로 소원을 비는데, 아름다운 소녀가 자신을 그려 줄 그를 기다리며 바위 위에 무릎을 꿇고 있는 게 보였어요. 그 소녀의 이름은 핍피티파였지요. 오소 블러지는 그 소녀를 그렸어요. 순록 뿔의 넓적한 부분에 소녀의 모습을 새겼는데, 그가 그린 작품 중 가장 훌륭했지요. 핍피티파는 오른쪽 발목에 파란 돌멩이들을 엮어 만든 장식을 차고 있었죠. 그림이 완성되자 그 소녀는 나타났을 때와 마찬가지로 신비에 싸인 채 산에 피어오른 저녁 안개 속으로 사라지기 시작했어요. 오소는 소녀에게 머물러 달라고 부탁했죠. 그가 웅덩이에 비친 자신의 모습 말고 인간을 본 건 그 소녀가 처음이었거든요. 뿔에 그림을 그리는 사람, 혼자 사는 인간이었던 가엾은 오소 블러지는 소녀와 함께 있기를 바랐어요. 하지만 소녀는 석양 속으로 사라지면서 자신은 사람이 아니고 요정이기 때문에 함께 머무를 수 없다고 외쳤어요. 오소는 소녀가 무릎을 꿇고 있던 바위로 달려갔어요. 하지만 오소가 발견한 것이라고는 소녀가 발목에 차고 있던 돌 장식뿐이었죠. 슬픔에 잠긴 오소는 그 장식을 주워 자신의 손목에 찬 다음 밤이건 낮이건 소녀가 돌아오기를 바랐어요.

이게 끝이에요. 아이들은 할머니께 그 얘기를 더 해 달라고 조르곤 했어요. 끝이 너무 슬퍼서 속상했거든요. 하지만 할머니는 그게 끝이라고 말씀하셨어요. 뿔에 그림을 그리던 사람, 혼자 사는 인간이었던 오소 블러지는 얼마 지나지 않아 마치 지구가 삼켜 버린 것처럼 아예 사라져 버렸대요."

박사님이 중얼거렸다. "그것, 참! 그게 언제인지 아니?"

치치가 말했다. "아니요. 할머니가 들려주신 이야기 속 시간이나 장소는 확실하지 않아요. 그 이야기는 할머니가 우리에게 전해 주신 것처럼 할머니의 부모님 그리고 그 윗세대에서 전해져 내려온 거예요. 다만, 그게 대홍수가 일어났을 때인 건 확실해요. 할머니는 이야기를 두 시기로 나누곤 했어요. 달이 존재하지 않던 때

박사님은 뒤로 기댄 채 노란색 얌 조각을 오도독 씹고 있었다.

와 그 이후로요. 오소 블러지의 이름은 이전에만 나와요."

박사님이 생각에 잠긴 채 말했다. "그렇구나. 그런데 말이야. 할머니가 시간의 변화에 대해 말씀하신 것 중에 생각나는 건 없니? 그러니까, 한 시기가 끝나고 다른 시기가 시작될 때 말이야."

치치가 말했다. "별로요. 대홍수가 일어난 건 분명한 사실이에요. 그런데 몇 가지 사실 말고는 대홍수가 어떻게 일어나게 됐는지, 홍수가 났을 때 그리고 그 후에 지구에 어떤 일이 일어났는지 등에 대해서는 전해져 내려오는 이야기가 거의 없는 것 같아요. 제 생각에는 둘 다 대재앙이었어요. 아마 두 재앙이 동시에 일어난 것 같아요. 그런 혼돈이 모든 생물을 덮치는 바람에 너무나 정신이 없어서 기록을 남길 수도 없었거니와, 그 후 모두가 뿔뿔이 흩어져서 무슨 일이 일어난 건지 정확히 파악하기도 힘들었던 것 같아요. 그래도 하늘에 달이 뜬 첫날 밤 우리 원숭이 조상님 중 몇몇이 한 무리의 사람들이 산꼭대기에서 무릎을 꿇고 달을 숭배하는 모습을 봤다고 할머니가 말씀하신 게 기억나요. 사람들은 항상 태양을 숭상했는데 그들은 달이 태양의 아내가 틀림없다 했고 그때부터 달에게도 기도를 하게 됐다는 거예요."

박사님이 물었다. "그런데 인간은 달이 지구에서 떨어져 나왔다는 걸 몰랐을까?"

치치가 말했다. "그것도 정확하지 않아요. 우리도 할머니께 그점을 여쭤보곤 했어요. 그런데 할머니가 하신 말씀에는 이상하고 커다란 간극이 있어요. 꼭 지구의 다른 장소에서 대재앙을 겪은 사람들의 단편적인 증언과 그 이후 세대들이 전해 들은 소문이 합쳐져서 만들어진 역사 같아요. 일단, 그 혼돈스러운 상황은 끔찍했겠죠. 암흑이 지구를 덮치고 끔찍한 폭발 소리가 이어지고 수많은 생명이 사라졌어요. 그런데 바닷물이 혼돈 중에 생겨난 구멍으로 밀려들면서 더 끔찍한 혼란과 파괴로 이어진 거예요. 인간과 짐승은 동굴로 몸을 피하기도 하고 정신없이 산을 넘기도 하고 무시무시한 장면을 아예 보지 않으려고 그냥 엎드려서 눈을 가려 버리기도 했어요. 원숭이의 역사에 대해 말하자면, 그 혼돈이 일어난 걸 실제로 본 원숭이들은 다 죽었어요. 그런데 전 그게 항상 의심스러웠어요. 그리고 한참 후에 인류가 옛 질서를 회복하기 위해 다시 힘을 합쳤을 때 사람들 사이에서 전쟁이 벌어졌어요."

"전쟁은 왜 일어난 거야?" 박사님이 물었다.

치치가 말했다. "인간의 수가 상당히 증가하면서 여기저기에 큰 도시들이 생겨났어요. 전쟁은 '달은 여신일까? 아닐까?'라는 질문에서 시작됐어요. 예전부터 태양을 숭배하던 사람들은 달이 태양의 아내이거나 딸이라며 숭배받을 자격이 있다고 말했어요. 달이 지구의 한쪽에서 떨어져 나왔다고 말한 사람들은 태양 숭배를 그만뒀어요. 그 사람들은 이처럼 또 다른 세계를 창조할 수 있는 힘을 지닌 지구가 숭배받아야 마땅하다고 생각했죠. 우리는 태양이 아닌 어머니 대지로부터 모든 것을 얻기 때문이라는 거였어요. 그 사람들은 달이 만들어짐으로써 지구가 모든 것의 중심이라는 사실이 증명됐다고 말했어요. 태양은 다른 세상을 만들어 내지 못했

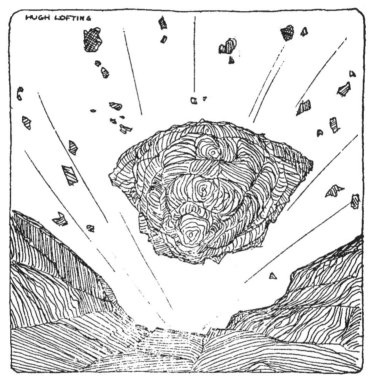

끔찍한 폭발이 이어졌다.

기 때문이었지요. 이렇게 태양과 새로운 지구가 신으로 숭배되어야 한다고 말하는 사람들이 있는가 하면, 전지전능한 힘의 위대한 삼각형을 이루기 위해 태양, 지구, 달 이렇게 셋 모두 필요하다는 사람들도 있었어요. 전쟁은 참혹했어요. 사람들 수만 명이 서로를 죽였죠. 원숭이들은 경악했어요. 우리가 보기엔 어느 쪽도 상황을 제대로 알지 못하고 있는 것 같았으니까요."

치치가 이야기를 마치자 박사님이 중얼거렸다. "이런, 세상에! 첫 종교 전쟁이었군. 그 많은 종교 전쟁들 중 맨 처음 일어난 종교 전쟁이었어. 한심한 일이야! 행복하게 잘 살기만 하면 그 사람이 뭘 믿든 아무도 관심이 없는데 말이야!"

↘ 17장 ↙

협의회

'속삭이는 덩굴'을 찾아 떠난 여정은 우리의 탐사 여행 중에 가장 알차고 만족스러웠다.

마침내 우리가 도착한 덩굴 서식지는 매우 아름다운 곳이었다. 그곳은 정글 바로 옆에 있는 바위 협곡이었는데 바닥 웅덩이에는 샘물이 고여 있었고 주머니 모양 협곡에 덩굴이 두꺼운 장막처럼 늘어져 있었다. 땅거미가 지면 요정들이 춤을 추거나 숲에 사는 날짐승들이 몸을 숨기고 무법자들이 본거지 삼아 활개 칠 것 같은 곳이었다.

폴리네시아가 꽥꽥거리며 날아오르더니 바위벽에 늘어진 덩굴손에 내려앉았다. 그 즉시 덩굴식물들이 파도 치듯이 움직이는 게 보였고 속삭이는 소리가 났는데 그 소리는 누구에게나 똑똑히 들

그곳은 바위 협곡이었다.

릴 정도였다. 자신들이 모르는 새가 침입하자 덩굴들이 불안감을 느낀 게 분명했다. 마음이 몹시 상한 폴리네시아가 곧장 우리에게 되돌아왔다.

"간 떨어질 뻔했네!" 폴리네시아가 언짢은 듯 투덜대며 말했다. "정말 소름 돋는 곳이야. 내가 앉으니까 저 덩굴들이 진짜 뱀처럼 꿈틀거리면서 움직였어."

박사님이 껄껄 웃었다. "쟤네들이 너한테 익숙하지 않아서 그래. 너 때문에 겁에 질렸을 거야. 저 나무들과 대화할 수 있는지 어디 한번 보자."

이번에는 박사님이 노래하는 나무들과 얘기를 나눈 경험이 큰 도움이 됐다. 나는 직접 가져온 조그마한 장치를 이용해 작업에 착수하는 박사님을 보면서 이젠 박사님이 자신의 작업 방식에 확신을 가지고 있다는 걸 알게 됐다. 얼마 지나지 않아 박사님은 정말 놀랍게도 마치 평생 동안 그 식물과 이야기를 해 온 것처럼 실제로 대화를 나누기 시작했다.

박사님이 곧 나에게 몸을 돌리고 한 말은 내 예상과 거의 같았다.

"스터빈스, 이 식물들이 내 말에 쉽게 대답을 하는 걸 보니 전부터 사람들과 말을 했을 거라는 생각이 들어. 보렴, 보통 사람들이 말하듯이 입술을 움직여서 말을 하면 돼."

박사님은 손에 쥐고 있던 작은 도구를 내려놓고는 자신의 치아 사이로 부드럽게 속삭이듯이 소리를 냈다. 그건 마치 콧소리로 한 가지 음을 내는 것 같기도 했고, 입술을 움직이지 않은 채 문장을 말하는 것 같기도 했다.

존 둘리틀 박사님이 사람의 특성을 지닌 이상한 달 나무들과 생각을 교환할 정도로 대화를 하기까지는 짧게는 몇 시간에서 길게는 며칠이 걸리곤 했다. 그런데 치치와 나는 그 나무들이 박사님의 속삭임에 곧바로 대답하는 걸 보고 경악을 금치 못했다. 나무들은 불어오는 산들바람을 특정한 각도로 맞기 위해 잎이 무성한 덩굴손을 흔들면서 콧노래와 낮은 속삭임이 섞인 듯한 소리를 냈는데 마치 박사님이 낸 소리를 반복하는 것 같았다.

"나무들이 우리를 만나서 반갑다고 말하는구나, 스터빈스." 박사님이 어깨 너머로 불쑥 말했다.

"세상에! 박사님은 바로 아시는군요. 전 이런 건 한 번도 본 적이 없는 걸요."

박사님이 다시 말했다. "이 식물들은 전에 사람과 이야기를 해 본 적이 있어. 분명해. 저들이… 세상에! 왜 그래?"

박사님이 몸을 돌리더니 치치가 자신의 왼쪽 소매를 잡아끄는 걸 보았다. 난 치치가 그렇게 겁에 질린 모습은 처음 보았다. 치치는 주저하면서 말을 더듬었고, 덜덜 떨리는 녀석의 이빨 사이로 도무지 알아들을 수 없는 말이 흘러나왔다.

박사님이 말했다. "아니, 치치! 왜 그래? 뭐가 잘못됐니?"

"보세요!" 치치가 가까스로 내뱉은 말은 그게 다였다.

치치가 절벽 아래에 있는 물웅덩이의 가장자리를 가리켰다. 우리는 덩굴에 최대한 가까이 가기 위해 바위 위로 올라간 상태였

그 새들이 감시를 하고 있었던 건 의심할 나위도 없었다.

다. 원숭이가 가리킨 웅덩이 옆에는 노란 모래밭이 있었는데 그곳에 호숫가에서 본 거대한 발자국 두 개가 선명하게 찍혀 있었다.

"달 인간이군! 흐음, 그럴 거라고 생각했어. 이 덩굴들은 전부터 사람과 이야기를 나누고 있었던 거야. 난 말이지…"

"쉬잇!" 폴리네시아가 말을 막았다. "당신이 보고 있는 걸 들키면 안 돼. 협곡의 왼쪽 어깨 쪽을 한번 올려다보라구."

박사님과 나는 덩굴들과 대화를 하고 있는 것처럼 행동했다. 나는 귀를 긁는 척하면서 앵무새가 말한 방향을 쳐다보았다. 새 몇 마리가 있는 게 보였다. 녀석들은 나뭇잎들 사이로 몸을 숨기려고 했다. 우리를 감시하고 있었던 게 틀림없었다.

우리가 다시 나무와 대화를 시작하려 할 때 햇빛이 차단되면서 거대한 그림자가 우리 위로 지나갔다. 우리는 누군가가 위에서 공격을 하는 건 아닌지, 위험이 닥치는 게 아닌지 겁이 나서 위쪽을 쳐다보았다. 우리를 이 신비의 세계로 데려온 거대한 나방을 닮은 나방이 천천히 상공을 가로질러 사라지고 있었다.

3분여 동안 침묵이 이어졌다.

마침내 박사님이 말했다. "이게 만약 동물들이 드디어 우리와 친해지기로 결정했다는 걸 의미하는 거라면 잘된 거야. 저 새들은 우리 눈에 처음 띈 새들이야. 저 나방은 우리를 데려다준 나방이 사라진 후 우리가 처음 본 곤충이지. 이상하게도 새가 곤충보다 훨씬 작구나. 아무튼 준비가 되면 우리에게 더 많은 걸 알려 주겠지. 지금은 여기서 할 일이 많구나. 스터빈스, 공책을 가져왔니?"

내가 말했다. "네, 박사님. 언제든 말씀만 하세요."

이내 박사님은 속삭이는 덩굴들과 대화를 이어 갔는데, 박사님이 얼마나 빠른 속도로 질문과 대답을 퍼붓던지 나는 대화 내용을 기록하느라 정신이 없었다.

앞서도 말했지만, 우리의 달 생물 탐사 여행 중에 이번이 가장 만족스러웠다. 이 덩굴들은 허영심 많은 백합과 달리 사람의 생김새와는 거리가 멀었지만 달에 사는 다른 생물들과 훨씬 더 긴밀하게 연락을 주고받는 것 같았기 때문이다. 박사님은 우리가 만났던 다른 식물로부터 들은 싸움, 그러니까 더 넓은 땅을 차지하려는 식물이 자기 땅을 침범한 다른 식물을 밀어내려는 몸부림에 대해 덩굴에게 물었다. 그리고 난생 처음 협의회라는 것에 대해 듣게 됐다.

덩굴들이 말했다. "그 어떤 식물이든 다른 식물의 생명이나 권리와 상관없이 자신의 이익을 추구하기 위해 전쟁을 일으켜도 된다고 생각한다면 그건 착각이에요. 아, 세상에! 아니에요. 달에 사는 우리 생물들은 그런 상태를 극복한 지 오래됐어요. 물론 종과 종, 식물과 식물, 새들과 곤충들이 대립하면서 끊임없이 투쟁이 계속되던 때가 있었죠. 하지만 더 이상 그러지 않아요."

"흐음, 다른 두 종이 같은 걸 원할 경우에는 어떻게 해결하니?" 박사님이 물었다.

"그건 모두 협의회에서 처리해요." 덩굴식물이 말했다.

"어? 잠깐만, 무슨 뜻인지 잘 모르겠는걸. 협의회라고?" 박사님

박사님은 속삭이는 덤불과 대화를 이어 갔다.

이 말했다.

덩굴식물이 말했다. "들어 보세요. 수백 년 전, 그러니까 우리 대부분이 기억하는 그 시간 동안 우리는…"

"다시 말을 끊어서 미안한데," 박사님이 말을 잘랐다. "네 말은 여기 있는 식물과 곤충, 새 모두가 이미 몇 세기 동안이나 살아 있었다는 거니?"

속삭이는 덩굴이 말했다. "물론이죠. 다른 생물들보다 나이가 많은 생물들도 있어요. 아무튼 달에서 200년을 채 못 산 식물이나 새, 나방은 꽤 젊은 축에 속해요. 천 년 전을 기억하는 나무나 동물도 여럿 있답니다."

박사님이 중얼거렸다. "그럴 리가! 물론 너희들 수명이 지구 생물의 수명보다 훨씬 길다는 건 알아. 하지만 너희가 그렇게 오랜 세월을 살아 온 줄은 몰랐는걸. 세상에! 계속 얘기해 보렴."

덩굴식물이 말을 이었다. "우리가 협의회를 구성하기 전인 옛날에는 끔찍한 도살로 인해 불모지가 엄청나게 많았어요. 그 시기에는 큰 도마뱀 종이 달을 지배했죠. 거대하리만치 덩치 큰 도마뱀들이 눈에 보이는 초록색 식물을 모조리 먹어치웠지요. 나무건 덩굴식물이건 풀이건 씨를 뿌릴 틈도 없었죠. 배고픈 야수가 보이는 나뭇잎마다 족족 씹어 먹어 버렸거든요. 결국 남은 우리는 다 함께 모여서 대책을 찾아보기로 했어요."

박사님이 말했다. "잠깐만, 함께 모이다니 무슨 뜻이니? 너희 식물들은 움직일 수 없잖아?"

덩굴식물이 말했다. "아, 네. 우리는 움직이지 못해요. 그래도 다른 식물들과 대화할 수는 있어요. 이를테면 새나 곤충 같은 전령을 이용해서 회의에 참여하는 거죠."

박사님이 물었다. "얼마나 오래전부터? 그러니까 얼마나 오래전부터 동물과 식물이 서로 대화할 수 있었냐고 묻는 거야."

덩굴식물이 말했다. "정확히 말씀 드릴 수가 없어요. 물론 아주 오래전, 수만 년 전부터 가능했던 대화도 있어요. 하지만 지금처럼 매끄럽지는 않았어요. 꾸준히 나아졌죠. 달의 이편에서 일어나는 일은 중요하든 그렇지 않든 순식간에 달 저편에 있는 풀과 나무, 곤충과 새들에게 전해져요. 예를 들어 우리는 당신과 당신 일행이 우리 세계에 온 후 어디를 다니고 무얼 했는지 낱낱이 알고 있어요."

박사님이 중얼거렸다. "세상에! 전혀 몰랐어. 아무튼 계속 해 보렴."

덩굴식물이 말을 이었다. "물론 늘 이랬던 건 아니에요. 하지만 협의회가 구성된 후 의사소통이나 교류 능력이 훨씬 좋아졌고 계속 확대됐지요."

"그 시기에는 큰 도마뱀 종이 달을 지배했어요."

→ 18장 ←

협의회 의장

'속삭이는 덩굴'은 앞에서 막연하게 언급했던 '협의회'에 대해 훨씬 자세히 들려줬다. 그것은 동물과 식물로 구성된 위원회나 중앙 정부와 같은 것인데, 다툼이 더 이상 생기지 않도록 달 생물들을 단속하는 것이 설립 목적이었다. 예를 들어 어느 덤불이 몸집을 불리기 위해 더 넓은 땅이 필요한데 원하는 땅을 누군가가 이미 차지하고 있는 경우, 협의회에 먼저 이런 사정을 알리지 않고 이웃이 차지하고 있는 땅까지 세력을 확장하는 것은 허용되지 않았다. 또는 특정한 나비가 어떤 꽃의 꿀을 먹고 싶은데 벌이나 딱정벌레가 방해할 경우, 역시 모든 권한을 가진 이 협의회가 투표를 하기 전에는 어떤 행동을 하는 것도 허용되지 않았다.

이 설명으로 지금까지 우리를 어리둥절하게 했던 많은 의문점들이 해소되었다.

박사님이 말했다. "스터빈스, 이런 규제가 없었다면 이곳 생물의 대부분이 어마어마하게 덩치가 커지거나 식물의 지능이 발달하는 일 같은 건 일어나지 않았을 거야. 우리가 사는 세상은 달로부터 많은 걸 배워야 해. 우리가 얕잡아 보는, 지구에서 떨어져 나온 위성으로부터 말이야. 우리에겐 균형 감각도 없고 생물을 진짜로 보호하지도 않아. 우리가 사는 세상에는 서로가 서로에게 먹고 먹히는 생존 경쟁만 있을 뿐이지."

박사님은 고개를 흔들더니 희미하게 반짝이는 지구를 응시했다. 내가 퍼들비에서 낮에 달을 바라보곤 했을 때처럼.

다시 말을 잇는 박사님의 말투가 갑자기 심각해졌다. "그래, 우리는 우리가 사는 세상이 굉장히 진화했다고 생각하지만, 막상 여기서 목격한 지혜나 선견지명은 찾아볼 수 없어. 싸움, 싸움, 싸움, 맨날 싸움이지! 싸움은 여전히 계속되고 있어. 적자생존이지! 난 평생을 동물들, 말하자면 더 하찮은 생물들을 도우면서 보냈어. 그게 불만이라는 뜻은 아니야. 오히려 그 반대지. 동물들과 친하게 지내고 우정을 쌓으면서 정말 즐겁게 지냈어. 다시 태어난다고 해도 똑같이 할 거야. 하지만 자주, 아주 자주 이게 결국 승산 없는 게임이라는 생각이 들었어. 문제를 해결하고 모두에게 행복을 가져다줄 수 있는 건 바로 이곳에 있는 것과 같은 협의회였던 거야."

내가 말했다. "맞아요, 박사님. 하지만 지구와 달리 이곳엔 동물

154

들이 없어요. 곤충과 새들 말고요. 살기 위해 사슴이나 염소를 사냥해야 하는 사자나 호랑이가 없잖아요."

박사님이 말했다. "그래, 스터빈스, 사실이야. 그렇지만 몸집이 큰 육식동물이 서로 싸우는 것과 마찬가지로 곤충도 자기들끼리 싸운다는 걸 잊지 마. 수백만 년이 흐른 후 인류와 집파리들이 벌인 싸움이야말로 현대 역사에서 가장 중요한 싸움이라고 주장하는 과학자가 나올지도 몰라. 게다가 호랑이가 육식을 하기 전에 어떤 동물이었는지 아무도 모를걸."

존 둘리틀 박사님은 덩굴식물을 향해 몇 가지 질문을 더 던졌다. 질문들은 대부분 협의회에 대한 것이었는데, 협의회가 어떤 방식으로 운영되는지, 구성원은 누구인지, 얼마나 자주 만나는지 등이었다. 덩굴들이 들려준 대답 중 절반은 우리가 추측했던대로였고 나머지 절반은 우리가 이곳에서 본 바와 같았다.

달을 묘사할 때마다 내가 위대한 시인이나 훌륭한 작가라면 얼마나 좋을까 하고 생각한다. 왜냐하면 달 세계는 정말 경이로운 휴식의 땅이기 때문이다. 나무는 노래 부르고, 꽃은 앞을 볼 수 있으며, 나비와 벌은 서로서로, 또 자기들을 먹여 살리는 식물과도 대화했다. 또한 덩치가 크든 작든, 힘이 세건 약하건 모든 동물과 식물의 이익을 보호해 주는 엄마 같은 협의회는 모두를 똑같이 보살폈다. 나는 그 어떤 말로도 평화롭고 행복하게 살아가는 이 공동체를 온전히 표현할 수 없었다.

박사님이 덩굴식물에게 말했다. "내가 한 가지 이해할 수 없는 건 너희들이 어떻게 씨 뿌리기를 관리하느냐는 거야. 너무 많은 씨앗을 뿌려서 필요한 양보다 훨씬 더 많은 열매를 맺는 식물도 있지 않니?"

속삭이는 덩굴식물이 말했다. "그건 새가 알아서 해요. 새들은 각 식물별로 어느 정도만 남겨 두고 나머지 씨앗들을 다 먹어 치우라는 주문을 받아요."

박사님이 말했다. "흐음! 내가 한 일 때문에 협의회가 화를 내지 않으면 좋겠구나. 처음 여기 도착했을 때 실험을 위해서 나무를 좀 심었거든. 지구에서 씨앗 몇 종류를 가져왔는데, 이곳 기후에서 그게 어떻게 자라는지 보고 싶었어. 그런데 지금까지는 싹이 아예 올라오지 않았어."

덩굴식물이 바스락거리는 소리를 내면서 살짝 흔들렸는데 분명히 재밌어서 킥킥대는 소리인 듯했다.

"달에서는 소식이 순식간에 퍼진다는 걸 잊으셨군요. 박사님의 씨 뿌리기 실험은 모두가 지켜보고 있었고 그 즉시 협의회에 알려졌어요. 그리고 박사님이 캠프로 돌아간 다음 긴 부리를 가진 새들이 박사님이 심은 씨앗을 모두 파내서 없애 버렸죠. 협의회는 씨앗에 대해서는 굉장히 까다롭거든요. 마땅히 그래야 하죠. 만약 특정한 풀이나 잡초, 덤불이 지나치게 퍼지게 되면 우리가 누리는 평화로운 균형이 모조리 깨질 것이고, 그러면 무슨 일이 일어날지 아무도 모를걸요. 협의회 의장님은…"

박사님의 어깨 가까이에 늘어져 있는 큰 덩굴 줄기 세 가닥이

박사님은 희미하게 반짝이는 지구를 응시했다.

"긴 부리를 가진 새들이 씨앗을 모두 파내서 없애 버렸어요."

주로 이야기를 하고 있었다. 그런데 이상하게도 그들은 실수로 비밀을 누설한 사람처럼 별안간 중간에 말을 멈췄고, 그 즉시 협곡에 늘어진 모든 덩굴식물 사이에 긴장감이 감도는 게 느껴졌다. 여러분은 식물이 그렇게 몸을 흔들고 비틀면서 동요하는 모습을 본 적이 없을 것이다. 선명한 색깔을 띤 새 여러 마리가 끽끽거리는 경고 소리와 함께 파닥거리며 나뭇잎 장막에서 나오더니 우리 머리 위로 보이는 바위 언덕 너머로 날아가 버렸다.

"왜 그러죠? 무슨 일이에요, 박사님?" 내가 물어보는 동안에도 많은 새들이 계속해서 덩굴식물 뒤에서 나와 저 멀리 날아갔다.

박사님이 말했다. "모르겠구나. 식물이 너무 많은 걸 얘기한 것 같아." 박사님은 다시 덩굴식물에게 몸을 돌리면서 물었다. "협의회 의장이 누군지 말해 줄래?"

"협의회 의장은…" 그들은 다시 조용해졌다.

"그래, 그게, 아니 그 사람이 누구냐고."

바위벽에 늘어진 기다란 덩굴손들은 다시 혼란스러워했고 술렁거리면서 불안감을 표출했다. 우리가 이해하지 못하는 경고성 말을 주고받는 게 분명했다.

이야기를 나눌 때 대변인 역할을 한 덩굴식물들이 마침내 존 둘리틀 박사님에게 말했다.

"죄송해요. 하지만 저희는 지시를 받았어요. 당신에게 말하기 곤란한 것들이 있어요."

"누가 말하지 못하게 하는 거지?" 박사님이 물었다.

하지만 그때부터 그들은 단 한 마디도 대답하려 하지 않았다. 박사님은 다시 말을 시키려고 여러 시도를 했지만 소용없었다. 결국 우리는 포기하고 아주 늦은 시각에 캠프로 돌아와야 했다.

박사님과 치치, 내가 채식 위주로 저녁을 준비하려고 나설 때 폴리네시아가 말했다. "오늘 오후에 우리가 달에 사는 생물들을 혼란스럽게 한 것 같아. 세상에, 내 평생 이런 곳은 본 적이 없어. 지금쯤 달에 있는 호박벌이랑 잡초들 모두 속삭이는 덩굴식물이 협의회 의장을 언급하면서 범한 실수에 대해 얘기하고 있을 거야. 협의회 의장이라니! 협의회 의장이 귀신이라도 되나! 그 수수께끼가 뭔지 정말 알고 싶군!"

박사님은 멜론처럼 생긴 커다란 열매를 자르면서 말했다. "아마 곧 알게 될 거야. 이제 그들이 우리와 거리를 둘 이유가 없다고 생각하는 것 같아. 어쨌든 그러지 않길 바라."

치치가 말했다. "저도 그렇게 생각해요. 솔직히 그 비밀에 좀 신경이 쓰이기 시작했어요. 전 우리가 퍼들비로 돌아가는 방법을 알게 되면 마음이 놓일 것 같아요. 어쨌든 모험은 할 만큼 했으니까요."

박사님이 말했다. "오, 걱정하지 마. 난 여전히 우리가 보살핌을 받고 있다는 확신이 있어. 우리를 이리로 데려온 게 누구든 좋은 의도로 그렇게 한 거야. 내게 원하는 게 무엇이든 간에 내가 그걸 들어주고 나면 우리를 지구로 데려다줄 거야. 겁내지 마."

"흥!" 우리 머리 위에서 나뭇가지에 있는 열매를 깨던 폴리네시

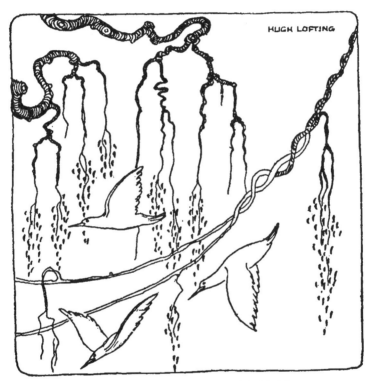

많은 새들이 덩굴식물 뒤에서 나와 저 멀리 날아갔다.

아가 투덜거렸다. "당신 말이 맞았으면 좋겠어. 난 그 무엇에도 확신이 서질 않아. 아무것도 모르겠다고."

→ 19장 ←

달 인간

그날 밤은 우리가 달에서 보낸 밤 중에 가장 혼란스러운 밤이었다. 우리 중에 잠에서 깨지 않고 푹 잔 식구는 아무도 없었다. 우리 몸은 우려스러울 정도로 빨리 커졌다. 우리는 날씨가 포근했던 탓에 담요를 덮는 대신 바닥에 깔고 잤는데, 몸이 너무 커진 탓에 담요가 작았다. 무릎과 팔꿈치가 양 옆으로 삐져나와 딱딱한 흙에 닿아서 따끔거렸다. 이 불편함 말고도 밤새 이상한 소리와 인기척이 느껴졌다. 우리 모두 마음이 불안한 것 같았다. 한번은 내가 깼을 때 박사님과 치치, 폴리네시아가 동시에 잠꼬대하는 소리가 들렸던 게 기억난다.

날이 밝을 무렵 우리는 제대로 자지 못해 퀭해진 눈으로 각자 보금자리에서 기어 나와 조용히 아침 식사를 준비하기 시작했다.

야영 전문가 폴리네시아가 먼저 냉정을 되찾았다. 폴리네시아는 심각한 표정으로 야영장을 살펴보고 돌아왔다.

폴리네시아가 말했다. "우리가 자는 동안 우리 잠자리 주변을 한 번이라도 염탐하지 않은 자가 있다면 그 얼굴을 한 번 보고 싶군."

박사님이 물었다. "왜? 이상한 게 있어?"

"와서 봐." 앵무새는 우리 잠자리와 짐이 놓여 있는 빈터를 향해 앞장섰다.

우리는 야영장 주변에 찍혀 있는 발자국들에 이미 익숙해져 있었지만 이번 것은 확실히 평상시와는 달랐다. 우리 본부 주변 100미터 근방에 있는 흙과 모래, 진흙에는 온갖 발자국이 어지럽게 찍혀 있었다. 거기에는 낯선 곤충 발자국과 거대한 새 발자국뿐 아니라 전에 우리가 본 거인 발자국이 셀 수도 없이 많았다.

박사님이 퉁명스럽게 말했다. "쯧쯧! 어쨌든 우리한테 해를 끼치진 않잖니. 우리가 잘 때 와서 우리를 보는 게 뭐 어때서? 난 별 관심 없어, 폴리네시아. 가서 아침을 먹자꾸나. 몇몇 다른 발자국들도 큰 차이는 없어."

우리는 앉아서 식사를 하기 시작했다.

그런데 얼마 지나지 않아 동물들이 우리에게 연락할 거라는 박사님의 예언이 갑작스럽게 실현되었다. 내가 꿀을 잔뜩 바른 얌한 조각을 반쯤 입에 넣었을 때 거대한 그림자가 내 위로 치솟는 게 느껴졌다. 위를 쳐다보자 퍼들비에서 우리를 이리로 데려온 거대한 나방이 있는 게 아닌가! 난 내 눈을 의심했다. 나방은 거대한 날개를 우아하게 펄럭이며 너무도 수월하게 한 치의 오차도 없이 내 옆에 내려와 앉았는데, 그 모습이 마치 생쥐 옆에 있는 사자 같았다.

나방이 온 것을 보고 우리가 뭐라 말할 새도 없이 갑자기 어디선가 똑같이 생긴 나방 두세 마리가 나타나더니 거대한 날개를 퍼덕여 우리 주변에 먼지를 일으키면서 먼저 도착한 형제 옆에 내려앉았다.

이어서 온갖 새가 나타났다. 이들 중에는 우리가 이미 본 새들도 있었지만 거대한 황새와 거위, 고니처럼 우리가 보지 못한 종류도 많았다. 새들 중 절반 정도는 지구에 있는 같은 종류의 새들보다 조금 더 큰 것 같았다. 나머지 새들은 믿을 수 없을 정도로 컸고 색깔이나 모양도 다소 차이가 있었다. 그래도 어떤 종에 속하는지는 대부분 알 수 있었다.

우리 일행은 무슨 말인가 하려다가도 이상하고 낯선 동물들이 계속 등장해서 이미 모여 있는 다른 동물들에 합류하는 바람에 입을 다물었다. 다음은 벌들 차례였다. 나는 지구에서 본 여러 종류의 벌들이 기억났다. 큰 검정 호박벌과 작은 노란 호박벌, 흔한 꿀벌과 밝은 초록색 벌, 빠르게 나는 벌과 길쭉한 벌 등 꼭 꿈에서 튀어나온 것처럼 크고 무시무시하게 생긴 괴물들이 한꺼번에 우리 앞으로 몰려왔다. 이들의 사촌쯤 됨 직한 벌들도 함께 왔는데, 각 종류별로 두세 마리 정도 되는 것 같았다.

폴리네시아는 아주 심각한 표정으로 야영장을 살펴봤다.

가엾은 치치는 겁에 질려서 제정신이 아닌 듯 보였다. 하긴, 제아무리 용감한 사람이라도 이렇게 큰 곤충들에게 에워싸여 있다면 기겁하는 게 당연했다. 하지만 내게는 그들이 그렇게 끔찍해 보이지 않았다. 놀라기보다는 오히려 흥미롭게 지켜보는 박사님의 태도 때문이었을 것이다. 또 이 동물들의 태도가 적대적인 것 같지도 않았다. 진지하고 질서 정연한 이들의 모습은 이들이 계획에 따라 이곳에 모였다는 사실을 보여 주는 것 같았다. 난 곧 이 모든 걸 설명할 만한 일이 일어날 거라고 확신했다.

아니나 다를까, 야영장이 거대한 곤충과 새들 천지가 된 지 얼마 안 되어 발소리가 들렸다. 달에서는 소리가 지구보다 훨씬 멀리까지 전달된다는 사실을 잊으면 안 되긴 하지만, 보통 야외에서는 발소리가 거의 들리지 않거나 아예 나지 않는 법인데 이건 정말 특이했다. 실제로 지진이 난 것처럼 우리가 서 있는 땅이 흔들렸다. 그게 발걸음 때문이라는 걸 모두가 알고 있었다.

치치가 박사님에게 달려가더니 코트 뒤로 숨었다. 폴리네시아는 꼼짝 않고 나뭇가지에 앉아 있었는데, 초조해 하면서도 흥미진진해 하는 게 분명했다. 폴리네시아의 본능이야말로 언제나 훌륭한 길잡이임을 알고 있는 나는 눈으로 폴리네시아가 응시하는 곳을 쫓았다. 난 폴리네시아가 우리가 천막을 친 공터를 에워싸고 있는 숲을 보고 있다는 걸 알았다. 폴리네시아의 반짝이는 작은 눈은 내 왼쪽으로 끝없이 펼쳐진 숲에서 V자 모양으로 움푹 파인 틈에 고정되어 있었다.

그 중요한 순간에 내가 왜 늙은 폴리네시아를 주시하고 있었는지 신기하다. 물론 내가 박사님을 따라가지 않거나 박사님의 명령을 이행할 준비가 되어 있지 않았다는 뜻은 아니다. 하지만 이처럼 이상하거나 이해하기 힘든 일, 특히 동물과 관련된 일이 일어날 때면 난 본능적으로 나이 많은 앵무새가 그 상황을 어떻게 받아들이는지에 주목했다.

이제 폴리네시아가 머리를 한쪽으로 기울이는 녀석 특유의 자세를 취한 채 숲의 움푹 파인 곳 위쪽을 바라보는 게 보였다. 폴리네시아는 목소리를 낮춘 채 뭔가를 중얼거렸는데(아마 폴리네시아가 욕설을 할 때마다 쓰는 스웨덴 말이었을 것이다.) 짜증 섞인 중얼거림이라는 것 외에는 알아들을 수가 없었다. 폴리네시아를 보고 있는 그때 갑자기 나무가 흔들리는 게 보이는 것 같았다. 그리고 크고 둥근 뭔가가 움푹 파인 곳에 있는 나무들 위로 보이는 것 같았다.

땅거미가 짙어지고 있었다. 문득 나는 동물들이 모이는 데에 온종일이 걸렸다는 걸 깨달았다. 정신이 온통 그쪽에 가 있었지만 우리는 끼니를 거르지는 않았다. 그 누구도 눈에 보이는 걸 확신할 수 없었다. 박사님이 갑자기 불쌍한 치치를 땅으로 밀어내면서 반쯤 몸을 일으키는 게 보였다. 나무 위쪽으로 보이는 크고 둥근 게 점점 커지고 높아졌다. 그것은 부드럽게 몸을 흔들면서 앞으로 다가왔는데, 마치 고양이가 풀 사이로 걸을 때 풀이 움직이듯 그것이 움직일 때마다 주변 나무들도 휘청거렸다.

난 박사님이 무슨 말이든 할 거라고 생각했다. 다가오는 생물은

나머지 새들은 믿을 수 없을 정도로 컸다.

(그게 무엇이든, 혹은 그게 누구든) 무시무시하게 큰 게 분명했고 그 것과 비교하면 지금까지 우리가 달에서 만난 모든 것들이 하찮아 보일 게 뻔했다.

늙은 폴리네시아는 여전히 나뭇가지에 앉아 꿈쩍도 하지 않은 채 눅눅한 밤에 터뜨린 폭죽처럼 식식대고 있었다.

곧이어 다가오는 생물 쪽에서 땅을 뒤흔드는 발걸음 소리 말고 다른 소리가 들렸다. 마치 사람의 발에 밟힌 잔가지처럼 거대한 나무들이 그 생물의 발걸음에 꺾이면서 턱턱 소리를 냈다. 이제야 고백하지만 불길한 공포가 내 심장을 조여 왔다. 난 불쌍한 치치가 느낀 두려움을 이해할 수 있었다. 그런데 달에서 우리가 겪은 일 중 가장 끔찍한 일이 일어나고 있는 이 순간, 이상하게도 치치는 숨으려고 하지 않았다. 녀석은 멍하니 박사님 옆에 서서 나무 위로 우뚝 솟은 거대한 그림자를 바라보고 있었다.

육중한 형상이 점점 더 가까이 다가왔다. 이젠 누구나 그 모습을 알아볼 수 있었다. 이제 숲을 다 지났다. 모여 있는 곤충들과 기다리던 새들이 다가오는 형상을 위해 길을 터 주었다. 문득 우리는 우리와 아주 가까운 거리에 우뚝 서 있는 그 형상의 양옆에 기다란 팔이 달려 있다는 걸 깨달았다. 그 형상은 사람이었다.

우리가 마침내 달 인간을 만난 것이었다.

폴리네시아가 경외감으로 인한 침묵을 깨고 말했다. "세상에! 당신은 이곳에서 정말 중요한 인물인가 보군요. 하지만 우리를 찾아오기까지 끔찍하게도 오래 걸렸네요!" 폴리네시아의 짜증 섞인

그 형상은 사람이었다.

비난이 봇물 터지듯 계속되자 심각한 상황인데도 난 웃음을 터뜨리고 말았다. 일단 웃음이 터지자 누가 돈을 준다 해도 나오는 웃음을 참기가 어려웠다.

이상한 집회가 열리는 이곳 주변으로 어둠이 짙게 깔렸다. 우리 주위에 있는 나방들과 새들 눈에서 별빛이 기묘하게 빛나는 게 마치 고양이 눈에 비치는 등불 같았다. 난 바보 같은 웃음을 참으면서 존 둘리틀 박사님을 쳐다보았다. 달 인간과 비교하면 우스꽝스러울 만큼 작은 박사님이 우리를 찾아온 거인을 만나기 위해 일어서고 있었다.

"드디어 당신을 만나게 되어 기쁩니다." 박사님이 품위와 교양 넘치는 영어로 말했다. 하지만 박사님의 정중한 인사에 돌아온 답은 무슨 말인지 몰라서 답답하다는 듯 투덜대는 소리가 다였다.

달 인간이 말을 알아듣지 못한다는 걸 깨달은 존 둘리틀 박사님은 그가 이해할 만한 다른 말을 시도하기로 했다. 난 과거에도 그리고 앞으로도 박사님처럼 언어 능력이 뛰어난 사람은 없을 거라고 생각한다. 박사님은 지구에서 현재 사람들이 쓰는 말과 과거에 썼던 말을 차례로 들려줬다. 하지만 그 어떤 말도 달 인간에게는 소용이 없었다. 그런데 동물들의 말로 바꾸자 조금 나아졌다. 한두 마디씩 이해하는 것 같았다.

박사님이 곤충과 식물의 말을 하자 달 인간이 관심을 보이기 시작했다. 치치와 폴리네시아와 나는 시선을 고정한 채 언어 문제로 씨름하고 있는 두 인물을 쳐다보았다. 그렇게 시간이 계속 흘러갔

"봐요! 오른쪽 손목이요! 보세요!"

다. 그러다 박사님은 등 뒤에 있는 내게 드디어 신호를 보냈고 나는 이제 박사님이 진짜로 준비가 됐다는 걸 알았다. 난 바닥에서 공책과 연필을 집어 들었다.

내가 박사님의 말을 받아쓰기 위해 공책을 펼쳤을 때 치치가 괴상한 소리를 질렀다.

"봐요! 오른쪽 손목이요! 보세요!"

우리는 땅거미 속을 응시했다. 그랬다. 그 거인의 손목에 뭔가가 있었는데 너무 꽉 조여서 마치 살 속에 파묻혀 있는 것 같았다. 박사님은 그것을 살짝 만져 보았다. 그런데 박사님이 뭔가 말을 하기도 전에 호기심을 이기지 못한 치치가 다시 예의 그 끽끽거리는 소리로 귓속말을 해 대는 바람에 적막이 깨져 버렸다.

"파란 돌 장식이에요! 모르시겠어요? 달 인간이 덩치가 너무 커져서 장식이 작아진 거예요. 저 사람은 화가 오소 블러지예요. 저건 바로 이야기 속에서 오소 블러지가 요정 핍피티파로부터 받은 돌 장식이라구요. 박사님, 그 사람이에요, 오소 블러지. 달이 생기기 전에 지구에서 사라져 버린 사람이요."

↘ 20장 ↙

박사님과 거인

박사님이 황급히 말했다. "알았어, 치치, 알았다구. 좀 기다리렴. 뭘 알아낼 수 있는지 보자. 흥분하지 마."

박사님은 치치를 진정시키려고 했지만 치치는 몹시 흥분한 상태였다. 하지만 아무도 치치를 비난할 수 없었다. 우리는 하루가 멀다 하고 기이한 일이 일어나는 이 불가사의한 세계에서 몇 주를 보내면서 언제쯤이면 곳곳에 찍힌 그 발자국의 주인, 이 세계에 어마어마한 영향을 미치는 이상한 거인을 만날 수 있을까 궁금해했다. 그런데 마침내 지금 그가 나타난 것이다.

나는 우리 머리 위로 하늘을 등지고 선 거대한 형상을 올려다보았다. 그는 한쪽 발로 바퀴벌레를 죽이듯 우리 모두를 쉽게 짓밟아 버릴 수도 있었다. 하지만 그는 우리의 작은 키에 어리둥절해

할 뿐, 여기 모인 다른 동물과 마찬가지로 우리를 적대시하는 것 같지는 않았다. 박사님은 치치의 말에 좀 짜증이 난 듯했지만 겁을 내는 건 분명히 아니었다. 박사님은 곧바로 우리를 찾아온 이 이상한 사람과 대화를 하기 위한 작업에 들어갔다. 그리고 박사님이 이런 실험을 할 때면 언제나 그렇듯 상대방 역시 기꺼이 도움을 줄 것 같았다.

거인은 거의 헐벗은 상태였다. 그는 우리가 숲에서 찾은 부드러운 나무껍질과 나뭇잎으로 만든 옷과 비슷한 걸로 겨드랑이부터 허벅지 아래까지 몸통 가운데 부분을 가리고 있었다. 머리카락은 길고 산발이었는데 거의 어깨에 닿을 듯했다. 박사님의 키는 얼추 거인의 발목뼈에 닿았다. 거인은 그렇게 멀리 떨어져서는 박사님과 이야기하는 게 힘들겠다고 판단했는지 손을 움직였다. 그러자 그 즉시 우리 주위에 있던 곤충들이 일어서더니 자리를 비웠다. 이제 거인은 지구에서 이곳을 찾아온 방문객들과 이야기를 나누기 위해 빈 공간에 앉았다.

이후 신기하게도 나 역시 동화나 악몽에 등장할 것처럼 생긴 이 거대한 사람이 더 이상 무섭지 않았다. 그는 어마어마하게 큰 손을 뻗어서 박사님을 인형 들듯 들어 올리더니 자신의 맨 무릎 위에 놓았다. 존 둘리틀 박사님은 내 머리에서 족히 9미터는 높은 곳에 있는데도 거인의 몸을 타고 올라가서 마침내 거인의 어깨 위에 섰다.

어깨에 올라서자 박사님은 거인과의 의사소통이 훨씬 잘 되는 듯 보였다. 박사님이 까치발로 서자 간신히 달 인간의 귀에 닿을 수 있었다. 박사님은 곧바로 다시 무릎으로 내려와서 나를 부르기 시작했다.

"스터빈스! 스터빈스! 공책 준비됐니?"

"네, 박사님. 제 주머니에 있어요. 받아 적을까요?"

"그래." 박사님은 꼭 고층 건물 위에서 작업을 지시하는 현장 감독처럼 다시 고래고래 소리를 질렀다. "이걸 받아 적어. 아직 말을 거의 못 나눴어. 그래도 네가 일단 준비를 하는 게 좋겠다. 준비됐니?"

사실대로 말하면, 박사님은 너무 흥분한 나머지 달 인간과 말이 쉽게 통할 거라고 생각했지만 그건 착각이었다. 나는 오랜 시간 동안 서서 연필을 쥐고 기다렸지만 쓸 게 한 마디도 없었다. 결국 박사님은 나를 부르더니 거인과 좀 더 깊은 대화를 나눌 때까지 공책에 적는 걸 미뤄야겠다고 말했다.

폴리네시아가 툴툴거렸다. "흥! 왜 성가시게 구는지 모르겠네. 덩치는 산만 한데 사람을 끄는 매력이 저렇게 없는 사람은 본 적이 없다니까. 재치라고는 눈곱만큼도 없는 것 같아. 우리를 데려오려고 나방까지 보냈으면서 자기 마음이 내킬 때까지 우리를 여기저기 배회하도록 내버려둔 게 바로 저 무식한 뚱보야! 내가 짜증이 안 나게 생겼니!"

"오, 세상에!" 치치가 어둠 속에 우뚝 솟은 인물을 응시하며 중얼거렸다. "하지만 생각해 봐, 그가 몇 살인지 생각해 보라구! 저

"스터빈스! 이봐, 스터빈스!"

사람은 달이 지구에서 떨어져 나왔을 때에도 살고 있었어. 수천 년 전, 아니 수백만 년 전에 말이야! 세상에, 대체 몇 살일까!"

앵무새가 말을 끊었다. "맞아. 저 남자는 예의를 더 잘 갖출 수 있을 만큼 나이가 들었지. 몸집이 크다고 해서 저렇게 오만한 태도로 손님을 대해서는 안 돼."

내가 말했다. "하지만 폴리네시아. 저 사람이 몇백만 년 동안이나 사람을 만나지 못했다는 걸 잊어서는 안 돼. 그리고 저 사람이 지구에 살았을 때 있었던 문명이라고 해 봐야 아주 오랜 과거인 석기 시대 문명 정도일 텐데, 내세울 만한 게 아무것도 없었을 거야. 그 당시 세상에는 예의범절 같은 건 없었을 테지. 난 말이야, 거인에게 자기 나름의 생각이라는 게 있을지 궁금해. 헤아릴 수 없을 정도로 긴 시간 내내 누구하고도 어울려 지내지 않았잖아. 박사님이 거인과 말을 트는 데 어려움을 겪는 게 난 전혀 놀랍지 않아."

앵무새가 말했다. "흐음, 네 설명은 아주 과학적이지만 좀 거만한 것 같구나. 저 덩치 큰 멍청이가 우리를 여기로 데려왔잖아. 저자는 여기서 뭘 어떻게 해야 하는지 우리한테 알려 주거나 요령을 가르쳐 주지도 않았어. 우리 스스로 물고기를 잡도록 할 게 아니라 적어도 우리가 제대로 도착했는지, 보살핌을 잘 받고 있는지 확인할 수 있었어. 이건 형편없는 푸대접이야."

내가 부드럽게 말했다. "폴리네시아, 박사님도 말했지만 넌 저 거인과 이 달의 세계가 우리에게 두려운 존재였던 것과 마찬가지로, 우리 역시 거인과 이 세계에게 두려운 존재일 수 있다는 사실을 잊은 것 같아. 아무리 거인이 우리가 여기 오도록 주선했다 해도 말이야. 거인이 다리를 저는 거 봤어?"

폴리네시아가 고개를 끄덕이며 말했다. "응. 왼발을 특이하게 질질 끌더라구. 아하! 거인이 박사를 이리로 데려온 이유가 그 왼발인 게 분명해. 류머티즘에 걸렸거나 발가락이 부러진 거야. 그런데 어떻게 존 둘리틀 박사를 알게 됐는지 아직도 모르겠어. 박사가 유명하긴 하지만 지구와 달 사이에 무슨 교류가 있었던 것도 아니잖아."

박사님이 달 인간과 얘기하는 걸 지켜보는 건 굉장히 흥미로웠다. 마침내 그들이 떠올린 언어가 도대체 무엇이었을지 난 짐작조차 되지 않았다. 인간과 그렇게 오랜 시간을 떨어져 지낸 이 이방인이 언어를 과연 얼마나 기억할 수 있을까?

사실, 난 그날 저녁이 거의 기억나지 않는다. 박사님은 평소처럼 모든 걸 잊은 채 자신의 실험에 몰두했다. 난 치치가 졸린 듯이 고개를 끄덕이는 걸 보다가 그만 잠이 들고 말았다.

내가 깨어났을 때는 대낮이었다. 박사님은 여전히 거인과 의사소통을 하기 위해 애를 쓰고 있었다. 그런데 난 박사님이 상당히 고무되어 있다는 걸 단번에 알 수 있었다. 나는 박사님에게 아침 식사 시간이라고 소리를 질렀다. 박사님은 나에게 고개를 끄덕인 다음 거인에게 우리와 아침 식사를 같이 하겠느냐고 묻는 것 같았다. 난 박사님이 거인에게 그 말을 얼마나 쉽게 전달하는지 보고

"형편없는 푸대접이야."

난 치치가 졸린 듯이 고개를 끄덕이는 걸 보았다.

는 놀라기도 하고 기쁘기도 했다. 달 인간이 곧바로 우리가 식탁
보로 쓰는 방수포 옆에 앉더니 그 위에 놓인 먹을 것들을 날카로
운 눈초리로 바라봤기 때문이다. 우리는 그에게 노란색 얌을 주었
다. 그러자 그는 머리를 세차게 흔들었다. 그러고는 온갖 신호와
이상한 소리를 동원해서 박사님한테 뭔가를 설명하는 것이었다.

박사님이 이내 말했다. "스터빈스, 거인이 내게 이 노란색 얌이
빠른 성장의 가장 큰 원인이라고 하는구나. 달 세계에선 모든 게
커지는 경향이 있는 것 같아. 특별히 이 열매가 안 좋다고 하네.
거인은 우리에게 자신처럼 커지고 싶지 않다면 그걸 버리라고 충
고하고 있어. 거인은 아주 오랫동안 본래 키로 돌아가려고 애써온
것 같아."

"박사님, 거인에게 멜론을 먹어 보라고 해요." 치치가 말했다.

멜론을 주자 이번에는 기쁘게 받았다. 잠시 동안 우리는 아무
말없이 아삭아삭 멜론을 베어 먹었다.

"박사님, 거인이 쓰는 말에 익숙해졌나요?" 얼마 후 내가 물었다.

박사님이 투덜거리며 말했다. "아, 그저 그래. 말이 특이하거든.
정말 이상해. 처음에 난 거인이 쓰는 말이 발성만 다를 뿐 대부분
인간이 쓰는 말과 비슷할 거라고 생각했어. 그래서 난 몇 시간 동
안 거인과 인간의 언어로 이야기하려고 했지. 하지만 떠오르는 고
대 언어가 몇 가지밖에 없었어. 결국 난 곤충과 식물 말까지 시도
했고 거인이 그 두 가지 말의 사투리를 완벽하게 구사한다는 걸
알았어. 전반적으로 내 실험에 아주 만족해. 비록 지구에서 사라

진 언어로 거인과 이야기하는 데는 실패했지만. 거인은 곤충과 식물 말을 대단히 잘 알고 있어. 그 지식은 내게 아주 큰 가치가 있을 거야."

"거인이 왜 당신을 이리로 데려왔는지에 대해 뭐 얘기한 거 없어?" 폴리네시아가 물었다.

박사님이 말했다. "아니, 아직. 우린 이제 막 대화를 시작했을 뿐이야. 다 때가 있어, 폴리네시아. 모든 게 때가 있는 거야."

21장

오소 블러지는 어떻게
달에 오게 되었을까

 박사님이 폴리네시아에게 한 경고, 우리가 달 세계와 달 인간에게 위협을 느낀 것과 마찬가지로 우리 역시 달 인간(그의 큰 덩치에도 불구하고)에게 위협적인 존재일 수 있다는 말은 사실이었다. 아침 식사를 마치고 내가 기록을 위해 공책을 꺼냈을 때 이 거인, 우리에게 두려운 존재였던 협의회 의장은 정말 온화해 보였다. 거인은 우리가 자신의 온몸을 기어 다닐 수 있도록 해 줬는데, 우리가 자신에게 큰 흥미를 보이자 아주 기뻐하는 것 같았다.

 처음부터 거인을 친구로 대했던 박사님에게는 놀라운 일이 아니었다. 하지만 언제라도 거인이 우리를 씹어 먹을지 모른다고 생각했던 치치와 나는 적어도 한시름을 덜었다. 박사님과 달 인간 사이의 첫 번째 대화는 이곳에 자세히 기록하지 않겠다. 굉장히 긴 데다 일반 독자의 관심사와는 거리가 먼 언어나 자연사에 대한 이야기이기 때문이다. 하지만 박사님과 거인이 교환한 생각을 이해하기 위해 필요한 대화는 한 마디도 빼놓지 않고 여기에 옮겨 적도록 하겠다. 대단히 중요한 대화임에 틀림없기 때문이다.

박사님은 거인에게 치치가 할머니로부터 전해 들었다며 우리에게 들려준 역사에 대한 질문부터 했다. 달 인간은 당시의 기억이 굉장히 희미한 것 같았다. 하지만 치치에게 자세한 내용을 듣고 기억이 되살아난 거인은 묻는 말에 대답을 하기도 하고 박사님에게 맞장구를 치거나 박사님 말이 틀렸다며 고쳐 주기도 했다.

난 이쯤에서 달 인간의 얼굴에 대해 말해야 할 것 같다. 달의 새벽빛을 받은 그의 얼굴은 총명하고 똑똑해 보였는데 예상과는 달리 전혀 나이 들어 보이지 않았다. 사실 그의 얼굴을 제대로 설명하기는 힘들다. 미개하게 생긴 건 아니었지만 지구에서 본 평균적인 인간의 얼굴과는 사뭇 다른 뭔가가 있었다. 아마 인류와 오랫동안 격리된 채 살아 왔기 때문인 것 같았다. 분명히 동물의 느낌을 주긴 했지만 포악하다는 느낌은 들지 않았다. 거인이 우리와 함께 아침 식사를 한 날 처음으로 거인의 얼굴을 똑똑히 봤는데, 만약 누군가에게 인정을 베풀거나 도움을 주기 위해 항상 최선을 다하는 친절한 동물이 있다면 달 인간과 비슷한 얼굴을 가졌을 거라는 생각이 들었다.

존 둘리틀 박사님은 이상하기 짝이 없는 곤충의 말과 식물의 말로 거인 손님에게 쉴 새 없이 질문을 해 댔다. 거인은 아마 자신이 선사시대의 화가인 오소 블러지가 맞을 거라고 인정했다. 이 팔찌 말인가요? 팔찌를 하고 있는 이유는 누군가가… 그리고 그는 더 이상 기억하지 못했다. 그게 누구죠? 그는 자신이 파란 팔찌를 하기 전에 그걸 어떤 여자가 차고 있었다는 사실을 기억해 냈다. 근데 그게 어쨌다는 거지요? 그건 오래전, 아주 오래전 일입니다. 또 알고 싶은 게 있나요?

나도 물어보고 싶은 게 있었다. 전날 밤, 치치와 내가 거인의 거대한 몸 곳곳을 돌아다닐 때 그의 허리띠에 매달린 원반 같은 게 눈에 띄었다. 그때는 어둑어둑했기 때문에 그게 뭔지 알 수 없었는데 오늘 아침에는 좀 더 잘 보였다. 그건 순록의 뿔로 만든 접시였다. 접시에는 손에 활과 화살을 든 채 무릎을 꿇고 있는 소녀의 모습이 정교하게 새겨져 있었다. 나는 달 인간에게 그 접시에 대해 물어보고 싶지 않냐고 박사님에게 말했다. 물론 우리는 치치의 이야기를 들었기 때문에 그게 뭔지 짐작하고 있었다. 하지만 난 접시를 통해 거인이 과거를 좀 더 떠올릴 수 있다면 박사님에게 도움이 될 거라고 생각했다. 난 거인을 설득하면 그가 그 접시를 우리에게 주거나 빌려줄지도 모른다고 박사님에게 속삭이기까지 했다. 난 박물관 유적들이 엄청난 가격에 팔린다는 사실도 잘 알고 있었다.

실제로 박사님은 거인과 그 접시에 대해 이야기했다. 거인은 나무껍질을 꼬아 만든 가는 줄로 허리띠에 매달아 놓은 그 접시를 들어 올리더니 잠깐 응시했다. 한순간 뭔가 떠오른 듯 그의 눈이 반짝였다. 그러더니 애처로운 손길로 그 접시를 들어 가슴에 대고 꼭 눌렀는데, 그 순간 이상하게도 혼란스러운 표정이 다시 그의 얼굴을 스쳐 갔다. 박사님과 나는 우리 둘 다 눈치가 없었다고 생각했고 다시는 그 이야기를 꺼내지 않았다.

그때는 물론 아니었지만, 난 거인이 자연사 박물관에 전시하기 위해 라벨을 붙여야 하는 새로운 동물이라도 되는 양 이리저리 뛰어다니면서 그 거대한 몸을 재빨리 훑는 박사님을 보고 놀라곤 했다. 박사님은 거인의 기분이 조금이라도 상하지 않도록 주의하면서 이 일을 해치웠다.

박사님이 말했다. "알겠습니다. 아주 좋아요. 이제 우리는 달이 하늘에 처음 생겼을 때 당신이 바로 지구에서 달로 날아간 석기시대의 예술가 오소 블러지라는 사실을 알아냈습니다. 그건 그렇고 이제 협의회에 대해 말씀해 주시겠어요? 당신이 이곳 협의회의 의장이라는 사실을 알고 있습니다. 맞나요?"

거인은 자신의 커다란 머리를 돌리더니 자신의 팔뚝에 서 있는 작디작은 박사님을 잠시 바라보았다.

그가 꿈을 꾸듯 말했다. "협의회라구요? 오, 네. 맞아요. 협의회. 흐음, 우리는 그걸 만들어야 했어요. 한때 이곳에서는 전쟁이 계속됐어요. 언제나 전쟁뿐이었죠. 우린 균형을 맞추지 못하면 모든 게 엉망진창이 될 거라는 걸 알았어요. 식물들은 너무 많은 씨앗을 여기저기 퍼뜨렸어요. 새들은 알을 너무 많이 낳았구요. 벌들은 시도 때도 없이 떼 지어 몰려다녔지요. 끔찍했어요! 당신도 지구에서 그런 모습을 보지 않았나요?"

"그래요, 물론 봤지요. 계속하십시오." 박사님이 말했다.

"별로 얘기할 건 없어요. 우린 협의회가 생기면 더 이상의 전쟁은 없을 거라고 확신했지요."

"흐음!" 박사님이 중얼거렸다. "그런데 당신은 어떻게 그렇게 오래 살 수 있는 거지요? 달이 지구에서 얼마나 오래전에 떨어져 나왔는지 아무도 몰라요. 지구에 있는 사람의 수명과 비교하면 당신의 나이는 정말 충격적이에요."

달 인간이 말했다. "물론 그렇겠죠. 내가 이곳에 어떻게 오게 되었는지 전혀 설명할 수 없어요. 나 자신에게도요. 하지만 그걸 물어봐야 뭐하겠어요? 내가 여기 있는걸요. 그 당시의 기억은 정말 희미해요. 어디 봅시다. 의식을 되찾았을 때 난 거의 숨을 쉴 수 없었어요. 그건 기억나요. 대기가 완전히 달랐어요. 하지만 난 살아남아야 한다고 굳게 마음 먹었지요. 땅이 빙빙 돌다가 결국 멈췄는데, 이곳 땅은 굉장히 척박했어요. 다만, 달이 지구에서 떨어져 나올 때부터 있던 나무와 풀이 있었어요. 나는 일단 나무뿌리 등 보이는 것들은 닥치는 대로 먹고 살았어요. 난 분명히 죽을 거라는 생각이 몇 번이나 들었는지 몰라요. 하지만 죽지 않았죠. 살아남아야겠다고 굳게 다짐했기 때문이에요. 그리고 결국 살았어요. 얼마 후 식물이 자라기 시작했어요. 풀에 딸려 온 곤충도 엄청나게 늘었지요. 새도 마찬가지였어요. 나처럼 살아남기로 굳게 다짐했던 거지요. 새로운 세상이 만들어졌어요. 세월이 흐른 후 난 달 세상의 운명을 이끌고 가야 할 사람이 바로 나라는 걸 깨달았어요. 그때는 어쨌든 다른 생물들보다 내가 훨씬 똑똑했으니까요. 난 다른 종들이 싸우면 결국 어떻게 될지 알았어요. 그래서 협의회를 만들었어요. 세상에, 얼마나 오래전 이야기인지! 그 이후로 식물과 동물은⋯ 당신이 여기서 본 그대로지요. 그게 다예요. 아주 간단하지요."

박사님이 다급하게 말했다. "그래요. 당신이 협의회를 설립할 수밖에 없었던 이유를 잘 알겠어요. 제 생각에 협의회는 대단히 훌륭해요. 이 이야기는 나중에 다시 합시다. 그건 그렇고, 지구와 달 사이에는 어떤 소통도 없는데 당신이 나에 대해 어떻게 알게 됐는지 정말 궁금해요. 이곳의 나방이 퍼들비로 와서 내게 당신이 있는 이곳으로 동행하겠느냐고 물었어요. 나방을 보낸 게 당신이지요?"

"나방을 보낸 건 나와 협의회였어요." 달 인간이 정정했다. "당신이 말했다시피 달과 지구 사이에 의사소통은 거의 없어요. 다만 어쩌다 한 번씩은 있지요. 지구에서 뭔가 특이한 기상 현상이 발생하면 작은 입자들이 지구 중력의 영향권에서 벗어날 만큼 높이 튀어 올라 달 중력의 영향권에 도달하지요. 그렇게 그 입자들은 달로 끌려와 이곳에 머물게 됩니다. 수백 년 전 당신이 사는 세상에서 강한 돌개바람 같은 게 발생해서 나무들과 돌멩이들이 지구의 중력에서 벗어날 정도로 높이 솟구친 후 결국 이곳에 떨어졌어요. 정말 골칫거리였지요. 우리가 미처 그 존재를 파악하기도 전

"난 나무뿌리 같은 걸 닥치는 대로 먹고 살았어요."

"물총새와 함께 날아온 흙이 호수에 떨어진 거예요."

에 그 나무들이 씨앗을 퍼뜨린 바람에 우리는 그 씨앗이 들불처럼 퍼지는 걸 막느라 정말 고생했거든요."

박사님은 내가 박사님이 통역한 내용을 공책에 잘 기록하는지 확인하기 위해 내 쪽을 바라보면서 말했다. "정말 흥미롭군요. 이제 당신이 처음 나에 대해 알게 되고 나를 이리로 데려오고 싶다고 생각한 계기에 대해 이야기해 주시겠습니까?"

달 인간이 말했다. "그건 아마 화산 폭발이 일어난 즈음이었을 거예요. 오랫동안 조용하고 평화로웠던 시기가 지난 후 당신이 사는 세계에서 큰 산 중 하나가 갑자기 폭발했지요. 거대하고 끔찍할 만큼 강력한 폭발이었고 어마어마한 양의 흙과 나무가 공중으로 솟구쳤어요. 그중에 달이 있는 방향으로 날아간 것도 있었는데 그 중 일부가 우리의 영향권 안으로 들어와 이리로 끌려왔어요. 그리고 당신도 이미 알겠지만, 흙이나 나무가 날려 올 때는 거의 언제나 동물들도 함께 딸려 오곤 하지요. 그때 실제로 산 위에 있는 호숫가에 둥지를 틀던 물총새가 함께 날려 왔어요. 흙도 조금 달에 떨어졌구요. 떨어지면서 땅과 세게 부딪힌 흙은 가루처럼 부서졌고 흙과 함께 날아온 동물은 다 죽고 말았지요. 물론 대부분이 곤충이었어요. 그런데 물총새와 함께 날아온 흙이 이곳 호수에 떨어진 거예요."

충격적인 이야기였지만 난 그게 사실이라고 믿는다. 그렇지 않다면 박사님의 명성이 어떻게 달까지 전해졌겠는가? 물론 물총새가 아닌 다른 동물이었다면 다 물에 빠져 죽었을 것이다. 그때 날아온 것들이 수면 15미터 아래로 곤두박질쳤기 때문이다. 하지만 물총새는 이내 물 위로 날아올라 호숫가로 날아갔다. 물총새가 살아남은 건 정말 놀라운 일이었다. 난 물총새가 이리로 올 때 어마어마한 속도로 죽음의 지대를 통과했기 때문에 우리가 사용해야 했던 인공호흡 장치 없이도 질식사를 피할 수 있었던 것이라고 생각한다.

22장

달 인간은 어떻게 둘리틀 박사님을
알게 되었을까

이내 달 인간이 이야기한 물총새가 박사님 앞에 불려 나와서 소개되었다. 달 인간이 협의회 의장에 선출된 건 그 이후였던 것 같다. 새는 달에 도착하기까지 겪은 일과 그 후 새로운 상황에 어떻게 적응했는지 이야기하면서 우리에게 귀중한 정보를 주었다.

물총새는 존 둘리틀 박사님과 병을 치료하는 박사님의 놀라운 기술, 지구에 있는 새와 짐승, 물고기 사이에 알려진 박사님의 위대한 명성에 대해 달 인간에게 말한 게 자신이라고 시인했다.

우리는 물총새의 설명으로 주위에 있는 동물들이 협의회 총회에 참가하기 위해 모였다는 사실을 알게 됐다. 물론 예외적으로 움직일 수 없는 식물들은 참가하지 못했다. 그래도 곤충과 새의 세계에서 온 다양한 동물들이 식물 공동체를 대표해 그들의 권익

이 제대로 보호되고 있는지 확인하기 위해 그곳에 온 것이었다.

이날은 달에 사는 생물들에게 중요한 날이었다. 물총새와 대화를 나눈 후 우리는 사방에서 다른 집단 혹은 단체 사이에 논쟁이 계속되는 걸 볼 수 있었다. 때로는 왁자지껄한 게 마치 정치 모임 같았다. 박사님이 크고 단호한 목소리로 자신을 이리로 호출한 이유를 달 인간에게 묻자 그제야 논쟁이 잦아들었다.

주위가 다시 조용해지자 박사님이 말했다. "당신은 내가 아주 바쁜 사람이라는 걸 알아야 해요. 물론 이곳에 초청받은 건 큰 영예로 생각해요. 하지만 난 해야 할 일들을 지구에 남겨두고 왔어요. 당신은 뭔가 특별한 목적이 있어서 나를 이곳에 오도록 했겠지요. 그게 뭔지 알려 주시지 않겠어요?"

소란스러웠던 모임이 일순간 조용해졌다. 난 새와 곤충으로 구성된 이 기괴한 청중들이 주변에 쪼그리고 앉아서 귀를 기울이고 있는 모습을 흘낏 쳐다보았다. 주목해 달라는 요구를 떠나서 박사님이 곤란한 주제를 건드린 게 분명했다. 달 인간도 좀 난감해 하는 것 같았다.

마침내 달 인간이 말했다. "사실 우리에겐 훌륭한 의사가 몹시 필요했습니다. 내 발은 통증이 심해요. 덩치가 큰 곤충들, 특히 메뚜기들도 얼마 전부터 건강이 안 좋아요. 난 물총새로부터 당신 이야기를 들은 후 우리를 도울 수 있는 사람은 당신밖에 없다고, 우리가 당신의 의술이 진짜 필요한 이곳으로 당신을 데려오더라도 당신은 별로 개의치 않을 거라고 생각했어요. 말씀해 주십시

달 인간이 이야기한 그 물총새가 박사에게 소개되었다.

오. 우리가 당신을 믿은 게 당신에게 폐가 되는 건 아니겠지요? 달 세계에는 우리를 도울 수 있는 사람이 없습니다. 그래서 우리는 특별 회의를 열어 당신을 데려오기로 합의한 거예요."

박사님은 대답이 없었다.

달 인간은 좀 더 목소리를 낮춰서 사과하는 말투로 말을 이어나갔다. "당신은 우리가 보낸 나방이 그 여행에 목숨을 걸었다는 걸 알아야 합니다. 큰 새와 나방, 나비와 다른 곤충들이 제비뽑기를 했어요. 아주 큰 동물들 가운데에서 한 마리가 나서야 했지요. 대단한 지구력을 필요로 하는 긴 여행이었으니까요."

달 인간은 항의하듯이 자신의 거대한 손을 펼쳤는데 그 손짓은 달 인간의 고향인 지구를 떠올리게 했다. 박사님은 황급히 그를 안심시켰다.

"물론 나는, 아니 우리는 여기 오게 되어 정말 기쁩니다. 나는 지구에서 항상 눈 코 뜰 새 없이 바쁘긴 하지만 달을 탐험하는 자연사 연구에 도움이 될 새로운 경험이기에 이곳에 오겠다는 일념으로 모든 걸 미뤘어요. 당신이 보낸 나방과는 말이 통하지 않아 제대로 여행 준비를 하지 못했지요. 하지만 내가 달에 온 걸 후회할 거라는 생각은 제발 하지 말아요. 난 무슨 수를 쓰든 이 기회를 잡았을 거예요. 당신이 우리와 연락할 방법을 좀 더 일찍 찾았으면 좋았을 거라고 생각한 건 사실이에요. 하지만 당신 역시 어려움이 있었겠지요. 당신은 굉장히 바쁜 것 같군요."

"바쁘다구요?" 달 인간은 황당하다는 듯이 말했다. "전혀요. 난 바쁘지 않습니다. 이곳 생활은 쾌적하고 조용합니다. 어떨 때는 지나치게 조용하다고 생각하지요. 가끔 협의회가 열리고 달에 대한 전반적인 조사가 이루어지기도 하지만요. 성가신 일은 그것뿐이에요. 내가 더 일찍 당신을 만나러 오지 않은 이유는, 솔직히 말해, 좀 두려웠기 때문이에요. 다른 세계의 인간이 우리를 방문하는 건 새로운 일이에요. 당신이 누군지, 당신이 뭘 할지 알 수 없잖아요. 또 한 가지 이유는 난 당신이 혼자 올 거라고 생각했어요. 지난 몇 주 동안 새와 곤충 그리고 식물까지 합세해서 당신의 움직임과 성격에 대해 내게 보고했어요. 당신이 오기 전까지 내가 들은 건 물총새의 얘기뿐이잖아요. 당신이 지구에서 동물들에게 친절하게 대하고 기꺼이 도움을 준다고 해서 달에 있는 친구들에게도 똑같이 그러리라는 법은 없으니까요. 내가 제대로 환대하지 못했다면 미안합니다. 하지만 이해해 주세요. 모든 게 정말 낯설었거든요."

"아, 그럼요, 그럼요." 박사님은 또다시 달 인간이 마음을 놓기를 간절히 바라면서 말했다. "더 이상 말할 필요 없어요. 다 이해합니다. 다만 알고 싶은 게 몇 가지 있어요. 당신이 보낸 나방이 퍼들비에 도착한 직후에 우리는 달에서 나는 연기를 본 것 같아요. 그 연기에 대해 말해 줄 수 있나요?"

달 인간이 재빨리 말했다. "물론이지요. 내가 그 연기를 피웠습니다. 우리는 나방을 굉장히 걱정했어요. 나방에게 위험한 일을 맡긴 것에 대해 죄책감을 느끼고 있었지요. 하필 자마로가 제비뽑

"새들이 당신의 움직임에 대해 내게 보고했어요."

기에 걸려서…"

박사님이 살짝 당황해서 중얼거렸다. "자마로라구요! 제비뽑기요? 나는…"

달 인간이 설명했다. "누가 지구에 갈지 정하는 제비뽑기였지요. 자마로 범블릴리가 바로 그 임무가 쓰인 카드를 뽑은 나방이었어요."

박사님이 말했다. "아, 알겠어요. 자마로. 그래요, 그렇군요. 달에서는 곤충에게 이름을 붙여 주는군요. 굉장히 자연스럽고 당연한 일이에요. 저렇게 덩치도 크고 공동체 안에서 그렇게 중요한 일도 맡고 있으니 말이에요. 당신은 같은 종에 속한 이 모든 곤충들을 각각 구분해서 부르겠군요?"

달 인간이 말했다. "당연하지요. 달에는 벌이 수만 마리가 있어요. 하지만 나는 이 모든 벌의 성은 물론 이름도 알고 있지요. 아무튼 이야기를 계속하겠습니다. 스포츠맨 정신을 가지고 있었던 자마로는 한 마디도 불평하지 않았어요. 하지만 우린 당연히 불안했지요. 아주 가끔이지만, 생물이 지구에서 달 세계로 온 적이 있어요. 하지만 이곳에서 지구로 간 경우는 지금까지 한 번도 없었지요. 우리는 지구가 어떤 곳인지 물총새에게 어렴풋하게나마 설명을 들었어요. 하지만 그 설명을 들을 때조차 말이 통하지 않아 굉장히 힘들었지요. 몇 주에 걸친 각고의 노력 끝에 대충이나마 서로를 이해하게 되었어요. 그래서 우리는 자마로 범블릴리에게 지구에 도착하자마자 아무 문제가 없다는 걸 우리가 알 수 있도록 신호를 보낼 방법을 찾으라고 했어요. 그러면 우리가 자마로에게 다시 신호를 보내기로 했죠. 자마로는 착륙을 잘못하는 바람에 당신 정원에서 며칠 동안 속수무책으로 누워 있었던 거 같아요. 우리는 오랫동안 초조해하면서 기다렸지요. 용감하게 원정을 떠난 자마로가 죽었을까 봐 두려웠어요. 그때 우리가 신호를 보내면 자마로가 우리가 여전히 자신이 돌아오기를 기다린다는 걸 알고 힘을 낼 거라는 생각이 들었죠. 그래서 연기를 피우게 된 거예요."

박사가 말했다. "그렇군요. 자마로는 연기를 못 봤지만 나는 봤어요. 그런데 어떻게 그렇게 거대한 연기를 피울 수 있었지요? 정말 어마어마하더군요."

달 인간이 말했다. "자마로가 떠나기 전 20일 동안 나와 큰 새들, 곤충들이 숲에서 징징 나무껍질을 모았어요."

"뭘 모았다구요?" 박사님이 물었다.

달 인간이 다시 말했다. "징징 나무껍질이요. 이곳에 있는 특정한 나무에서 얻을 수 있는데, 굉장히 폭발력이 강한 나무껍질이에요."

"그런데 나무껍질에 어떻게 불을 붙였죠?" 박사님이 물었다.

달 인간이 대답했다. "마찰력을 이용했어요. 딱딱한 나뭇가지를 부드러운 통나무에 문질렀지요. 우리는 덤불이나 밀림으로 불이 옮겨 붙지 않도록 척박한 바위 계곡에 그 나무껍질을 산더미처럼 쌓았어요. 이곳에서는 항상 산불이 날까 봐 무서워요. 달 세상은 크지 않으니까요. 내가 석판으로 옮겨 온 잉걸불을 나무껍질 더미

"나는 잉걸불을 나무껍질 더미에 붙였어요."

에 붙였어요. 그러고는 내 눈을 보호하기 위해 바위 절벽 뒤로 재빨리 뛰어갔지요. 폭발은 대단했고 우리는 불이 완전히 꺼질 때까지 연기 때문에 며칠이나 재채기를 했답니다."

→ 23장 ←

스스로 왕이 된 남자

우리는 하루하고도 반나절 동안이나 계속된 이 긴 대화를 하는 내내 우리 주위에 있는 낯선 관중들이 그 중요한 협의회를 하기 위해 모였다는 사실을 상기할 수밖에 없었다. 어둑어둑한 뒤쪽에서 달 인간을 향해 이따금 질문이 날아들었다. 입에서 입으로 메시지와 요청 사항이 전달될 때마다 그는 계속 고개를 돌렸다. 달 인간은 때때로 박사님에게 의견을 묻지 않고 기묘한 소리와 신호를 이용해 자신이 직접 대답하기도 했다. 동물들은 협의회에서 진행 중인 협상이면 무엇이든 관심을 두고 있는 게 분명했다.

존 둘리틀 박사님은 지구에 다시 돌아가려고 서두르면서도 한편으로는 궁금한 게 한도 끝도 없는 듯 알고 싶어 하는 게 너무 많았는데, 두 세계가 처음 만났으므로 박사님이 그러는 것도 무리는

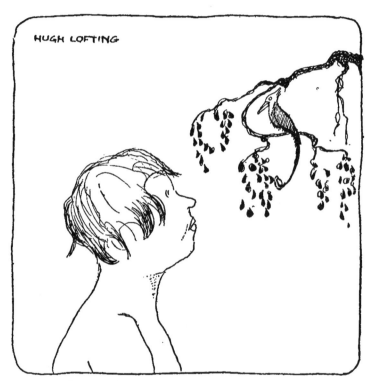

"나는 휘파람으로 새들과 짧은 대화를 할 수 있게 됐어요."

아니었다.

박사님이 물었다. "달이 안정을 되찾았다고 처음 느꼈을 때 당신이 이 새로운 상황에 어떻게 적응했는지 기억하나요? 우린 여기 도착하고 나서 대단히 힘들었거든요. 대기도 다르고 중력도 다르고 들리는 소리도 달랐으니까요. 어떻게 적응해 나갔는지 얘기해 주십시오."

달 인간은 얼굴을 찡그리더니 거대한 손으로 이마를 훔쳤다.

그가 중얼거렸다. "정말 오래전 일이군요. 난 몇 번이나 죽을 뻔했어요. 처음 몇 달은 살아남기 위해 먹을 걸 모으느라고 정신 없었어요. 그 문제가 해결됐다는 확신이 들자 그제야 주위를 살펴보기 시작했죠. 곧 새나 곤충도 나와 똑같은 어려움에 처해 있다는 걸 알았어요. 난 달을 샅샅이 살폈어요. 이곳엔 나랑 같은 종족이 없었어요. 인간은 나뿐이었지요. 난 같이 지낼 누군가가 몹시 필요했어요. '좋아, 곤충과 새를 연구하자.' 새들은 나보다 이 새로운 환경에 훨씬 빠르게 적응했어요. 난 나와 같은 운명에 처한 동물들이 우리 모두에게 도움이 되는 걸 위해서라면 기꺼이 협조한다는 걸 깨달았지요. 물론 난 아무도 죽이지 않으려고 조심했어요. 일단 나에겐 그럴 의도가 없었어요. 또한 이렇게 작은 별에 살면서 내게 적이 생기기 시작하면 오래 살 수 없다는 사실을 깨달았지요. 처음부터 난 내가 살기 위해, 또 동물들을 살리기 위해 최선을 다했어요. 말을 붙일 사람이 없어서 얼마나 외로웠는지 말도 못 해요. 그래서 난 새의 언어를 익히려고 노력했어요. 새도 말을 하잖아요. 인간은 새가 지저귀는 걸 알아듣지 못하지만요. 난 여러 해 동안 노력했어요. 좀처럼 나아지질 않아 좌절하기도 했지요. 결국, 언제였냐고 묻지는 마세요, 휘파람으로 새들과 짧은 대화를 나눌 수 있게 됐지요. 다음 차례는 곤충이었어요. 새들이 나를 도와줬지요. 그다음은 식물의 말이었어요. 벌들 덕분에 시작할 수 있었어요. 벌들은 모든 사투리를 다 알고 있었어요. 그리고…"

박사님이 말했다. "계속하세요." 목소리는 조용했지만 난 박사님이 크게 흥미를 느끼고 있다는 걸 알 수 있었다.

달 인간은 초조한 듯 한숨을 내쉬었다. "아, 이런, 그렇게 오래전 기억은 아주 희미해요. 지금 생각해 보면 평생 동안 왜가리나 제라늄과 이야기를 한 것 같아요. 내가 곤충이나 식물과 자유롭게 대화를 할 수 있게 된 게 정확히 언제인지는 모르겠어요. 식물과 대화하는 게 곤충이나 새와 대화하는 것보다 훨씬 오래 걸린 건 분명해요. 아쉽게도 이곳 역사의 기록은 자세하지 않아요. 특히 초기 역사는 확실히 그래요. 그리고 그 당시 우리는 훨씬 더 중요한 일이 엄청나게 많아서 정신없이 바빴어요. 요즘 들어서, 그러니까 지난 수천 년 동안 우리는 역사를 지키기 위해 노력해 왔고, 그 시기에 일어난 굉장히 중요한 일들을 자세하게 기록한 걸 보여줄 수도 있어요. 문제는 당신이 알고 싶어 하는 시간 대부분이 그때보다 앞선 시기라는 점이에요."

박사님이 말했다. "상관없어요. 우리는 상황에 잘 대처하고 있으니까요. 난 당신이 방금 말한 그 기록이 굉장히 보고 싶습니다.

다음에 당신만 괜찮다면 그걸 좀 저에게 보여 달라고 부탁하겠습니다."

그러고서 박사님은 시기나 시간에 대한 언급은 조심스럽게 피하면서 달 인간과 온갖 주제에 대한 기나긴 대화를 시작했다. 주제는 대부분 곤충과 식물의 진화와 관련된 것이었고 박사님은 내게서 눈을 떼지 않은 채 내가 모든 질문과 답을 공책에 빠짐없이 기록하는지 확인했다.

세상에! 지친 내게 박사님의 질문 목록은 한도 끝도 없어 보였다. 달 인간은 식물이 자신과 얘기하고 싶어 하고, 자신을 간절히 돕고 싶어 한다는 사실을 처음에 어떻게 알았을까? 달 인간은 벌이 자신의 배를 채워 주는 꽃과 대화를 나눈다는 사실을 어떻게 믿게 됐을까? 달 인간은 어느 열매와 채소가 사람 몸에 좋은지 어떻게 알아냈으며, 어떻게 독성에 중독되지 않고도 열매나 채소의 영양성분을 알아낼 수 있었을까? 등등… 대화는 몇 시간 동안 계속되었다. 난 거의 실수 없이 그 대화의 대부분을 기록한 것 같다. 하지만 마지막 몇 시간 동안은 거의 반 이상 졸고 말았다.

이 대화에서 단 하나의 문제는 역시 시간이었다. 친구 한 명 없이 살아 온 이 가엾은 거인의 마음속에서 시간이라는 개념은 아예 사라져 버렸다. 거인은 우리에게 제대로 추정한 것이라고 자랑스럽게 얘기하며 최근 수천 년 동안의 기록을 보여 줬는데 우리는 그 기록에서조차 100년 정도의 착오는 아무것도 아니라는 걸 알게 됐다.

거인은 달의 역사를 넓적하고 평평한 바위 표면에 그림과 신호로 새겨 왔다. 선사시대의 예술가였던 오소의 솜씨는 여기서 크게 빛을 발했다. 그의 걸작인 무릎 꿇은 소녀와 비교할 수는 없었지만, 바위에 새겨진 조각은 활기가 넘치고 아름다워서 거의 모든 이들의 시선을 사로잡기에 충분했다.

달 인간의 기억이나 그가 새긴 역사의 시간에 착오가 있긴 했지만 어쨌든 우리는 가능한 한 모든 걸 빠짐없이 기록했다. 그 기록은 작은 실수나 시간적 공백에도 불구하고 정말 흥미진진하고 가슴 설레는 것들이었다. 그건 새로운 세계의 진화에 대한 이야기였고, 재앙이 일어난 순간 갑자기 두 손에 쥔 것 말고 아무 것도 없이 혈혈단신으로 우주에 던져진 인간이 어떻게 한 왕국의 왕이 되었는지에 관한 이야기였다. 지구에 남은 인간이 상상할 수 있는 한계를 훌쩍 넘어설 만큼 놀라운 왕국 말이다. 달 인간은 자신을 협의회 의장이라고 불렀지만 그는 사실상 왕이었다. 달 인간이 결코 경험하지 못한 편한 환경에서, 수많은 도움을 받아 가며 이곳에 온 우리만이 그가 이 왕국을 이루기까지 어떤 고난과 역경을 극복했는지 알 수 있었다.

박사님과 달 인간의 길고 길었던 대화가 드디어 어느 정도 끝나갔다. 내가 몸을 뒤로 젖힌 채 계속된 글쓰기 때문에 쥐가 난 오른손을 펼 즈음 폴리네시아가 아까부터 마음에 담아 둔듯 분통을 터뜨렸다.

폴리네시아는 눈썹을 치켜 올리며 툴툴거렸다. "토미, 내가 뭐

달의 역사는 바위 표면에 그림으로 새겨졌다.

"그런데 메뚜기라니!"

라고 그랬니? 류머티즘이야! 박사가 여기로 오게 된 이유가 바로 류머티즘이라구! 달 인간이야 그렇다고 치자. 이곳에 딱 한 명밖에 없는 사람이니까. 그런데 메뚜기라니! 생각해 봐! 메뚜기 떼의 시중이나 들게 하려고 존 둘리틀 박사를 수십억 킬로미터나 떨어진 이곳에 데려왔다고 생각해 봐! 난…"(폴리네시아의 지리 상식은 그다지 정확하지 않았다.)

하지만 화를 못 이긴 폴리네시아가 평상시 즐겨 쓰는 스웨덴식 욕을 섞어 가며 말한 까닭에 아무도 폴리네시아의 말을 알아듣지 못했다.

박사님과 달 인간의 대화가 끝나자 이내 협의회에 속한 동물들이 큰 소리로 얘기하기 시작했다. 그 중요한 기관의 회원들은 모두 자신들이 들은 얘기의 정확한 뜻이나 결정된 내용이 무엇인지 알고 싶어 했고 필요하다면 취해질 조치에 대해서도 궁금해했다. 가엾게도 의장은 무척 바빠 보였다.

결국 박사님이 다시 거인에게 몸을 돌리며 말했다.

"제가 언제쯤 당신과 곤충 환자들을 살펴보면 좋을까요? 난 당신에게 가능한 한 모든 걸 다 해 주고 싶어요. 하지만 내가 되도록 빨리 지구에 돌아가야 한다는 사실을 잊지 말아 주세요."

달 인간은 대답하기 전에 자신의 뒤에 있는 협의회에 의견을 물었다. 토론이 길어지는 것으로 볼 때 그가 제안한 계획이 무엇인지 몰라도 상당한 비판에 직면해 있는 듯했다. 결국 그는 협의회 회원들을 진정시켰다. 그리고 다시 박사님에게 말했다.

"고맙습니다. 당신이 괜찮다면 내일 다시 올 테니 그때 우리를 살펴봐 주세요. 어쨌든 여기까지 오시다니 당신은 정말 친절하군요. 우리가 당신에게 너무 큰 부담을 주는 게 아니라면 좋겠어요. 적어도 우리가 이곳에서 어떻게 살아 가고 있는지 잘 알게 됐잖아요. 이렇게 도움이 절실할 때 우리를 도울 수 있게 된 것에 당신이 만족하리라 생각해요."

박사님이 말했다. "당연하지요. 그렇고말고요. 너무나 기쁠 따름이에요. 그게 내가 하는 일이니까요. 나는 의사예요. 의사. 물론 나이가 들어서 자연학자가 되긴 했지만요. 내일 몇 시에 올 건가요?"

"동이 틀 때 오겠습니다." 달 인간이 말했다. 이처럼 근대화된 시대에 살면서도 달 인간의 시간 개념은 이상하리만큼 단순한 것 같았다. "해가 뜰 때 당신을 기다리겠습니다. 그때까지 즐거운 꿈 꾸고 편하게 쉬길 바랍니다!"

↳ 24장 ↞

달에서 진료소를 연 둘리틀 박사님

그날 밤에는 수다쟁이인 폴리네시아조차 너무 피곤해서 말을 거의 하지 못했다. 쉬지 않고 계속된 달 인간과의 인터뷰 내내 우리 모두 흥분한 동시에 긴장한 상태였기 때문이다. 달 인간과 협의회 회원들은 우리가 옷도 갈아입지 않고 식사도 거른 채 잠이 든 후에야 자리를 떴다. 그날 밤 우리는 어찌나 깊이 곯아떨어졌는지 누가 업어 가도 몰랐을 것이다.

우리가 눈을 떴을 때 햇빛이 비치기 시작했다. 누가 제일 먼저 잠에서 깼는지는 몰랐지만(아마 박사님이었던 것 같다.) 내가 가장 먼저 자리에서 일어난 건 분명했다.

정말 기묘한 풍경이었다! 몸이 불편한 거대한 곤충 수백, 아니 수천 마리가 희미한 빛이 비치는 야영장 주위에 서서 자신들을 치료하러 온 자그마한 인간 의사를 응시하고 있었다. 개중에는 우리가 지금까지 한 번도 본 적이 없을 뿐 아니라 달에 이런 동물이 존재할 거라고는 상상조차 못한 동물도 있었다. 열두 개나 되는 발에 통풍이 생겨서 고생하는 애벌레는 몸이 골목길만큼 길었고, 눈이 아픈 딱정벌레 역시 어마어마하게 거대했다. 흐느적거리는 관절에 엉성하게 붕대를 감은 메뚜기는 3층집에 닿을 만큼 키가 컸다. 날개가 이상하게 접혀서 고통스러워하는 새 역시 크기가 거대했다. 달에 사는 모든 환자들이 다시 진료소가 된 박사님의 집 문 앞에 모여들었다.

내가 깨우자 그제야 몸을 일으킨 박사님은 멜론을 두세 입 베어 먹고 꿀물을 마신 다음 겉옷을 벗고 진료를 시작했다. 지난 몇 년 동안 박사님의 작은 검정 가방은 많은 곳에서 다급할 때마다 큰 도움이 됐지만 이번엔 역부족이었다. 가장 먼저 떨어진 건 붕대였다. 치치와 난 붕대를 더 만들기 위해 담요와 셔츠를 찢었다. 그다음엔 도포제가 다 떨어졌다. 이어서 요오드와 소독약도 바닥났다. 하지만 박사님은 관찰과 실험을 통해 달의 식물을 연구한 결과 류머티즘이나 다른 병에 도움이 될 만한 식물을 찾아냈다. 박사님은 당장 치치와 폴리네시아를 보내서 필요한 허브와 뿌리, 나뭇잎을 찾아 오게 했다.

여러 시간 동안 박사님은 노예처럼 일했다. 늘어선 환자의 줄은 끝나지 않을 것 같았다. 그래도 드디어 마지막 환자까지 치료를 끝냈다. 그제야 박사님은 달 인간이 자신보다 다른 환자들을 먼저

흐느적거리는 관절에 엉성하게 붕대를 감은 메뚜기들이 보였다.

박사님은 자신의 거인 친구에게 설교를 늘어놓았다.

박사님에게 보냈다는 사실을 깨달았다. 땅거미가 지고 있었다. 박사님은 우리 캠프 주위의 넓은 공간을 돌아보았다. 그 빈 공간은 숲 가장자리에 미동도 없이 조용히 혼자 쪼그려 앉아 있는 거인을 위한 공간이었다.

박사님이 중얼거렸다. "이런! 달 인간을 까맣게 잊고 있었군. 그런데 한 마디도 안 하고 있었어. 그 누구도 저 사람이 이기적이라고 손가락질할 수 없겠어. 그게 달 인간이 이곳을 다스리는 이유야. 지금 당장 달 인간에게 무슨 문제가 있는지 알아봐야겠어."

존 둘리틀 박사님은 서둘러 공터를 가로질러 가서 거인에게 물었다. 거인은 박사님이 살펴볼 수 있도록 그 거대한 왼쪽 다리를 쭉 폈다. 박사님은 마치 파리처럼 빠르게 다리 위아래로 왔다 갔다 하면서 살을 꼬집기도 하고 꽉 쥐어보기도 하며 여기저기를 살펴보았다.

박사님은 마침내 확실히 진단을 내린 듯 말했다. "통풍이 심해요. 역시 상태가 아주 나빠요. 잘 들어요, 오소 블러지 씨."

그러더니 박사님은 자신의 거인 친구에게 오랫동안 설교를 늘어놓았다. 대부분은 식단에 관한 것이었지만 사람의 몸과 운동, 수종과 탄수화물에 관한 이야기도 상당히 많았던 것 같다.

설교가 끝나자 달 인간은 상당히 깊은 인상을 받은 듯했고, 아주 행복해 할 뿐 아니라 이전보다 훨씬 더 생기가 넘치고 희망에 찬 것 같았다. 달 인간은 박사님에게 길게 고맙다는 인사를 남기고는 떠났다. 그가 절뚝거리며 발걸음을 옮기자 다시 땅이 흔들렸다.

또다시 우리는 녹초가 됐고 참을 수 없을 만큼 잠이 쏟아졌다.

박사님은 남은 담요를 침대에 깔면서 말했다. "우리는 할 만큼 한 것 같아. 내일이나 모레쯤, 모든 게 잘 되면 우린 퍼들비로 출발할 거야."

폴리네시아가 속삭였다. "쉬잇! 누군가가 듣고 있어. 확실해. 저쪽 저 나무 뒤에서."

박사님이 말했다. "맙소사! 저렇게 멀리 떨어져 있으면 우리 말이 들릴 리 없어."

"달에서 소리가 얼마나 멀리까지 들리는지 잊지 말라구." 앵무새가 경고했다.

박사님이 말했다. "이런! 저들도 우리가 언젠가 돌아가야 한다는 걸 알아. 우리가 이곳에 천년만년 머무를 수는 없다구. 지구에서 할 일이 있다고 내가 의장한테도 말했잖아. 만약 저들에게 내가 진짜 꼭 필요하면 이곳에 좀 더 오랫동안 머물러도 상관없어. 그런데 스터빈스가 이곳에 있잖아. 스터빈스는 부모님에게 어디에 가는지, 언제 돌아올지조차 얘기하지 않고 왔다구. 제이컵 스터빈스나 착한 그의 아내가 뭐라고 생각하겠어. 분명히 걱정이 돼서 죽을 지경일 거야. 난…"

"쉬잇! 쉬잇! 조용히 좀 해 줄래?" 폴리네시아가 다시 속삭였다. "당신, 저 소리 못 들었어? 내가 누군가가 듣고 있다고 말했잖아. 내 말이 틀리다면 내가 당신 아들이야. 제발 입 좀 다물어. 사방에 듣는 귀가 있다구. 어서 자!"

"조심해, 토미!"

우리는 모두 기꺼이 폴리네시아의 충고를 받아들였다. 그리고 모두 이내 곯아떨어졌다.

우리는 이번에는 일찍 일어나지 않았다. 할 일이 없었기에 원하는 만큼 한껏 늘어지게 늦잠을 즐겼다.

우리가 잠에서 깨서 움직이기 시작했을 때는 거의 한낮이었다. 아침 식사를 준비하기 위해서는 물이 필요했다. 물을 떠오는 일은 언제나 치치의 몫이었다. 그런데 이날 아침 박사님은 치치에게 치료에 필요한 약용 식물을 좀 더 찾아 오라고 시켰다. 그래서 내가 나서서 물을 떠 오겠다고 말했다.

나는 조롱박으로 만든 통을 몇 개 들고 숲을 향해 출발했다.

나는 전에도 한두 번 물을 뜨러 다녀온 적이 있었다. 정글의 가장자리에 도착한 나는 곧바로 우리가 먹을 과일을 주로 따는 곳으로 향했다.

내가 얼마 못 갔을 때 폴리네시아가 뒤따라왔다.

"조심해, 토미!" 폴리네시아는 내 어깨에 앉더니 비밀 얘기라도 하듯 속삭였다.

"왜? 뭐가 잘못됐니?"

폴리네시아가 말했다. "잘 모르겠어. 그런데 좀 불안해서 너한테 경고하고 싶었어. 어제 치료받으러 온 동물들 있잖아, 지금까지 그 누구도 다시 나타나지 않았어. 왜 그럴까?"

우리는 잠시 멈췄다.

내가 말했다. "흐음, 동물들이 다시 찾아올 특별한 이유는 없는

222

것 같은데. 약도 받았고 치료도 받았잖아. 동물들이 박사님을 더 귀찮게 해야 할 이유라도 있어? 치료도 끝났는데 환자들이 박사님을 내버려두니까 좋지 않아?"

폴리네시아가 말했다. "그래, 맞아. 그래도 다음 날 단 한 명도 다시 찾아오지 않는 게 뭔가 수상쩍어. 모두 다 치료가 끝나서 그런 게 아니야. 뭔가가 있어. 그런 느낌이 들어. 게다가 달 인간이 보이질 않아. 달 인간을 찾으려고 구석구석 다 뒤졌어. 우리가 여기 처음 도착했을 때 모두가 그랬던 것처럼 달 인간 역시 다시 숨어 버린 거야. 흐음, 조심해! 그게 다야. 난 다시 돌아가야겠어. 하지만 토미, 방심하지 마. 행운을 빌어!"

앵무새의 경고가 무슨 뜻인지 알 수 없었던 나는 크게 어리둥절한 상태로 물통을 채우기 위해 가던 길을 재촉했다.

그리고 그곳에서 달 인간과 맞닥뜨렸다. 이상하고도 예기치 못한 만남이었다. 난 물통에 물을 받으면서 서 있을 때까지도 그가 나타나리라고는 예상하지 못했다. 그런데 빽빽한 정글에 몸을 숨긴 채 쪼그려 앉아 있던 달 인간이 한쪽 다리를 움직이면서 거대한 몸을 드러냈던 것이다. 그는 내가 자신의 존재를 알아차렸다는 걸 깨닫자 이내 몸을 일으켰다.

그의 표정은 적대적이지 않았다. 평상시처럼 친절하고 조용했으며 희미하게 미소를 띠고 있었다. 그래도 난 그를 보자마자 불안해졌고 겁이 났다. 그는 다리를 절고 있었지만 걷는 속도나 그의 덩치로 볼 때 도망치는 건 불가능했다. 그는 내 말을 알아듣지 못했고 나 역시 그의 말을 알아듣지 못했다. 이곳은 인적이 없는 깊은 숲속이었다. 소리를 질러도 박사님의 귀에 들리지 않을 것 같았다.

얼마 지나지 않아 난 그의 의도를 깨달았다. 그는 거대한 오른손을 뻗더니 마치 내가 갖고 싶은 꽃인 양 물 밖으로 들어 올렸다. 그리고 나를 들고 성큼성큼 걸어서 숲을 가로질러 갔다. 그의 한 걸음은 내가 30분 동안 걸어야 하는 거리였다. 그런데 그는 예의 그 천둥소리 같은 발걸음 소리를 들키고 싶지 않았는지 굉장히 살살 걸음을 내딛는 것 같았다.

마침내 그가 멈췄다. 그는 넓은 공터에 다다랐다. 자마로 범블릴리, 지구에서 우리를 데리고 왔던 바로 그 나방이 기다리고 있었다. 달 인간은 나를 그 거대한 곤충의 등에 내려놓았다. 그가 마지막 명령을 내릴 때 낮게 울리는 그의 목소리가 들렸다. 난 납치된 것이었다.

→ 25장 ←

다시 퍼들비로

난 평생 동안 그때만큼 그렇게 철저히 속수무책이라고 느낀 적이 없었다. 거인은 나방과 이야기하는 동안 나방의 등 위에 있는 내가 옴짝달싹하지 못하게 자신의 커다란 손으로 붙잡고 있었다. 나는 비명을 질러야겠다고 생각했다. 입을 벌려 있는 힘껏 비명을 질렀다. 그러자 달 인간은 엄지손가락으로 내 얼굴을 가렸다. 그는 말을 멈췄다.

곧이어 나방의 다리가 움직이는 게 느껴지는 걸로 보아 나방이 날아오를 준비를 하는 게 분명했다. 박사님이 내 비명 소리를 듣더라도 곧바로 내게 올 수 없을 게 분명했다. 나방이 달리기 시작하자 그제야 거인이 내게서 자신의 손을 치웠다. 내 양쪽에서 집채만 한 날개가 펼쳐지더니 상공으로 날아오르기 시작했다. 나는 터무니없는 짓이라는 걸 알면서도 왼쪽 날개로 달려가 훌쩍 뛰어내렸다. 거인의 허리선쯤 떨어졌을 때 나는 손에 잡히는 것이면 무엇에든 매달린 채 큰 소리로 박사님을 향해 소리를 질렀다. 달 인간이 나를 잡더니 다시 나방에 태웠다. 그런데 내가 그의 허리춤에 매달렸을 때 손에 잡혔던 뭔가가 줄이 끊어지면서 내 손아귀에 들어왔다. 그건 바로 거인의 걸작인 핍피티파를 새긴 뿔이었다. 거인은 엄청난 속도로 공중으로 날아오르는 자마로 위에 나를 태우느라 정신을 빼앗긴 나머지 자신의 보물이 내 손 안에 들어온 걸 전혀 눈치채지 못했다.

사실 나 역시 그것에 신경 쓸 틈이 없었다. 내 머릿속은 내가 박사님으로부터 멀어지고 있다는 한 가지 생각으로 가득 차 있었다. 나만 나방에 태워 지구에 돌려보내려는 게 분명했다. 나방이 점점 더 속도를 내고 있는데 내 오른쪽 귀로 퍼덕거리는 소리가 들렸다. 나는 고개를 돌렸다. 세상에! 폴리네시아가 마치 제비처럼 날아오고 있는 게 아닌가! 폴리네시아는 폭포수처럼 말을 쏟아 냈다. 폴리네시아의 일생에서 유일하게 시간에 쫓겨서 욕을 할 수 없었던 순간이었다.

"토미, 네가 네 부모님과 떨어져 있는 걸 박사가 걱정하고 있다는 걸 저들이 알았어. 다 들은 거야. 저들은 너 때문에 박사도 떠나게 될까 봐 두려운 거야. 그리고…"

나방의 발이 땅에서 떨어졌다. 나방은 나무 꼭대기를 지나 탁 트인 공간으로 날아오르기 위해 코를 뒤로 젖혔다. 내가 처음 이곳에 올 때 겪었던 것과 마찬가지로 이미 빨라진 대기의 흐름이 나방이 나는 속도에 비례해서 점점 더 강력해지고 있었다. 폴리네시아는 나를 태운 거대한 비행선과 조금이라도 더 나란히 날기 위해 최대한 빠른 속도로 날개를 퍼덕였다.

폴리네시아가 소리를 질렀다. "걱정하지 마, 토미. 달 인간이 어디 숨어 있는지는 몰랐지만 무슨 꿍꿍이속인지는 내가 이미 눈치 챘어. 그리고 박사에게 경고했어. 박사는 저들이 너를 지구로 보낼지도 모를 때를 대비해서 너한테 이 말을 마지막으로 전해 달라고 했어. 마구간에 있는 다리 저는 늙은 말을 잘 보살펴 줘. 과실나무들도 잘 돌봐 주고. 그리고 걱정하지 마. 박사가 어떻게든 방법을 찾아낼 거라고 그랬어. 두 번째 연기 신호가 보이는지 주목하고 있어." (폴리네시아의 목소리가 점점 희미해졌다. 녀석은 이미 상당히 뒤로 처진 상태였다.) "안녕. 행운을 빌어!"

나는 소리를 질러 대답하려고 했다. 하지만 밀려오는 공기 때문에 숨이 막혔다. "안녕. 행운을 빌어!" 그게 내가 달에서 들은 마지막 말이었다.

나는 맹렬한 바람의 압박을 피하기 위해 나방의 기다란 털 속으로 몸을 낮췄다. 이리저리 더듬는 내 손에 뭔가 이상한 게 만져졌다. 바로 달꽃이었다. 거인이 나를 지구로 보내면서 뭐가 필요할지 생각한 거였다. 나는 그 큰 꽃들 중에서 한 송이를 움켜쥐고는 꽃 속에 얼굴을 파묻을 수 있게 준비했다. 끔찍한 시간이 다가오고 있었다. 난 곧 죽음의 지대를 통과할 거라는 걸 알았다. 지금 내가 할 수 있는 건 아무것도 없었다. 나는 퍼들비에, 큰 정원이 딸린 작은 집에 닿을 때까지 가만히 엎드려서 마음을 편하게 먹기로 했다.

돌아오는 여정 대부분은 떠날 때와 크게 다르지 않았다. 박사님과 같이 갈 때에 비해 더 외롭긴 했지만 아무튼 지난 경험으로 미루어 이 여정이 안전할 거라는 걸 알고 있었기 때문에 마음은 편안했다.

하지만 아! 얼마나 슬픈 여행이었는지! 난 외로움뿐 아니라 끔찍한 죄책감에도 시달렸다. 어려움에 처한 사람이라면 누구든 모른 체하지 않는 박사님을 달에 남겨 두고 떠나온 것이었다. 나 자신에게 끊임없이 되뇌었듯이 물론 내 잘못은 아니었다. 그럼에도 불구하고 내가 조금만 더 눈치가 빠르고 기지를 발휘했다면 이런 일은 없었을 거라는 생각을 지울 수 없었다. 대브대브와 지프, 동물 식구들에게 존 둘리틀 박사님이 달에 남겨졌다는 소식을 어떻게 전할 수 있을까?

돌아가는 길은 한도 끝도 없이 긴 것 같았다. 나는 달 인간이 준 열매를 발견했다. 하지만 죽음의 지대에 접근하자마자 멀미가 심해져서 도착할 때까지 아무것도 먹을 수 없었다.

속도가 느려지자 나는 그제야 엎드렸던 몸을 일으켜 주변을 관찰할 수 있었다. 지구에 꽤 가까워졌다. 햇빛을 받아 밝게 빛나는 지구가 보이자 내 마음이 따뜻해졌다. 나는 지난 몇 주 동안 내가 얼마나 향수병에 시달리고 있었는지 그제야 깨달았다.

나방은 나를 솔즈베리 평원에 내려 주었다. 내게 익숙한 지역은 아니었지만 그림에 나오는 솔즈베리 대성당의 첨탑은 알고 있었다. 그리고 그 특유의 평평한 지형이 내가 어디에 있는지 말하고 있었다. 정확히 몇 시인지는 모르겠지만 굉장히 이른 아침인 것 같았다.

환경이 다른 달에서 생활하다가 돌아오니 지구의 대기압과 중력에 익숙해지는 데에 상당한 시간이 걸렸다. 나는 그 어느 때보다도 비참한 심정으로 나방의 등에서 내린 후 주변을 둘러보았다.

아침의 엷은 안개가 내 고향 지구의 평지를 휘감았다가 흩어졌다. 저 높은 곳에서 볼 때 이곳은 화창하고 아늑하며 친절해 보였다. 그런데 아래에 내려와 가까이에서 보니 전혀 멋져 보이지 않았다.

안개가 어느 정도 사라지자 멀지 않은 곳에 도로가 보였다. 사람 한 명이 길을 따라 걷고 있었다. 말할 것도 없이 농장의 노동자가 일을 하러 가는 것이었다. 그는 얼마나 작던지! 난쟁이인 것 같았다. 문득 사람과 같이 가고 싶다는 생각이 든 나는 그에게 말을 걸기로 했다. 내 혼을 쏙 뺀 여행과 익숙지 않은 지구 중력 때문에 주정뱅이처럼 비틀거리긴 했지만 나는 어쨌든 있는 힘껏 앞으로 뛰어갔고, 20보 정도까지 거리가 좁혀지자 그를 불렀다. 그 남자의 반응은 말 그대로 충격적이었다. 내 목소리를 들은 그가 뒤를 돌아보았는데, 얼굴이 백지장처럼 새하얘졌던 것이다. 그러고는 걸음아 날 살리라며 쏜살같이 달려 안개 속으로 사라져 버렸다.

나는 그 남자가 사라진 길에 우두커니 서 있었다. 문득 그에게 내

모습이 어떻게 보였을까 궁금해졌다. 나는 서둘러 키와 몸무게를 재보았다. 키는 2미터 96센티미터였고 허리둘레는 130센티미터였다. 나무껍질과 나뭇잎으로 만든 옷을 입고 있었고 신발과 각반은 나무뿌리로 만든 것이었으며 머리는 어깨에 닿을 만큼 길었다.

이 황량한 솔즈베리 평원에서 난데없이 그런 유령과 마주쳤으니 가엾은 농장 일꾼이 황급히 내빼는 게 당연했다! 문득 자마로 범블릴리가 떠올랐다. 박사님에게 전할 메시지를 그 나방에게 줘야겠다는 생각이 들었다. 나방이 내 말을 알아듣지 못한다면 나방이 가지고 갈 수 있도록 박사님께 편지를 쓸 생각이었다. 나는 나방을 찾아 나섰다. 하지만 나방은 두 번 다시 눈에 띄지 않았다. 안개 때문에 내가 방향을 잘못 찾은 건지, 아니면 나방이 이미 달을 향해 출발한 건지 알 수 없었다.

이곳에서 난 주머니에 동전 한 푼 없는, 허수아비 옷을 입은 거인이었다. 사실 선사시대의 그림이 새겨진 순록의 뿔 말고는 아무것도 가진 게 없었다. 그리고 나를 만난 사람들은 어디서든 농장 일꾼과 똑같은 반응을 보일 것이라는 사실을 깨달았다. 나는 솔즈베리에서 퍼들비까지는 먼 길이라는 걸 알고 있었다. 마차를 탈 돈이 있어야 했다. 먹을 게 있어야 했다.

나는 생각에 잠긴 채 터벅터벅 걸었다. 농가가 눈에 들어왔다. 식욕을 자극하는 베이컨 굽는 냄새가 풍겼다. 난 미치도록 배가 고팠다. 한번 시도해 봄직했다. 나는 문 앞으로 걸어가서 부드럽게 노크를 했다. 한 여자가 문을 열었다. 그녀는 나를 보더니 비명을 지르고는 내 면전에서 문을 쾅 닫았다. 잠시 후 남자 한 명이 창문을 열더니 내게 엽총을 겨눴다.

"여기서 꺼져! 빨리! 안 그러면 네 멍청한 머리를 날려 버릴 테니까."

나는 길을 따라 걸었다. 그 어느 때보다도 비참했다. 이제 어떻게 해야 하는 걸까? 사실을 털어놓을 만한 사람이 한 명도 없었다. 도대체 누가 내 이야기를 곧이곧대로 믿겠는가? 그래도 난 퍼들비로 가야 했다. 하지만 동시에 딱히 그러고 싶지 않았다는 걸 고백해야겠다. 박사님 소식을 가지고 동물 식구들과 마주하고 싶지 않았던 것이다. 그래도 난 가야 했다. 설령 늙은 말이나 과일나무, 그 외의 것들에 대한 박사님의 마지막 당부가 없었다 해도 박사님이 안 계신 동안 그 집을 최선을 다해 돌보는 게 내 일이었다. 그리고 내 부모님! 세상에! 내 비참한 처지 때문에 부모님을 까맣게 잊고 있었다. 어머니 아버지는 이제 나를 알아보시기나 할까?

그때 갑자기 집시들의 캐러밴과 마주쳤다. 집시들은 길가에 있는 가시금작화 덤불에서 야영을 하고 있는지 가까이 갔는데도 모습이 보이지 않았다.

집시들 역시 아침 식사를 준비하고 있었고 식욕을 돋우는 냄새가 내 빈 속을 자극했다. 나를 본 사람들 중에 유일하게 나를 두려워하지 않는 사람들이 집시들이라는 사실이 참 이상했다. 마차 밖으로 나와 내 주위에 모여든 집시들 모두 놀라서 나를 멍하니 쳐다보았다. 그들은 무서워하기보다는 호기심을 보였다. 그들은 앞아서 먹으라며 나를 식사에 초대했다. 일행의 우두머리인 늙은 남자가 자신들은 어느 카운티의 축제에 가는 길이라며 나도 함께 가면 좋겠다고 말했다.

나는 고맙다고 말하고 그렇게 하기로 했다. 나를 떠돌이의 운명에서 구해 준 우정이라면 그게 뭐든 붙잡아야 했다. 나중에 알게 된 사실인데 늙은 집시는 나를 돈을 주고 고용해 서커스에서 거인 역할을 시킬 작정이었다.

나는 기꺼이 그 운명을 받아들였다. 나는 돈이 필요했다. 허수아비 차림으로 퍼들비에 등장할 수는 없었다. 나는 옷이 필요했고 마차를 탈 돈이 필요했으며 살기 위해서는 먹을 것도 필요했다.

내 친구 집시가 내게 소개한 서커스단의 주인은 참 괜찮은 사람이었다. 그는 내가 1년 동안 계약을 맺고 일해 주기를 바랐다. 하지만 나는 거절했다. 그는 6개월을 제안했다. 난 여전히 고개를 저었다. 난 말쑥한 차림으로 퍼들비에 돌아갈 수 있을 정도로 돈을 벌기만 하면 일을 그만둘 생각이었다. 서커스단 주인이 어찌나 간절한지 돈이나 시간에 상관없이 나를 공연에 세우고 싶어 한다는 생각이 들었다. 오랜 의논 끝에 결국 우리는 한 달로 합의를 보았다.

그러자 이젠 옷이 문제였다. 이 부분에서 나는 굉장히 조심스러워졌다. 그는 처음에 긴 머리는 그대로 둔 채 샅바만 입히려고 했다. 나는 "화성의 잃어버린 고리" 같은 게 되는 것이었다. 사실 서커스단 주인의 생각은 자신의 예상보다 훨씬 더 진실에 가까웠지만 아무튼 나는 그런 건 하고 싶지 않다고 말했다. 다음 아이디어는 내가 "팜파스에서 온 거인 카우보이"가 되는 것이었다. 이를 위해 나는 거대한 햇빛 차단용 모자를 쓰고 털로 짠 바지를 입어야 했으며 권총을 잔뜩 차고 신발에 접시 모양 톱니가 달린 박차를 달아야 했다. 그 옷차림 역시 퍼들비에 모습을 드러낼 때 입을 나들이옷으로는 별로 구미가 당기지 않았다.

이 흥행사가 나를 얼마나 공연에 세우고 싶어 하는지 더 확실히 알게 된 나는 내 요구 조건을 제시해 보기로 했다.

"선생님, 전 제가 아닌 다른 사람으로 무대에 서고 싶지 않아요. 저는 아주 먼 곳에서 돌아온 과학자, 탐험가예요. 내 키가 이렇게 큰 건 내가 지낸 곳의 기후와 내가 살기 위해 먹어야 했던 음식 때문이지요. 나는 잃어버린 고리나 서부의 카우보이인 척하며 사람들을 속이지 않을 거예요. 지식인들이 입을 법한 검정색 양복 같이 품위 있는 정장을 입혀 주세요. 그러면 관객들에게 꿈속에서조차 상상도 못할 여행 이야기, 내가 실제로 겪은 이야기를 들려주겠다고 약속하겠어요. 하지만 한 달 이상은 계약하지 않겠습니다. 이게 제 마지막 제안이에요. 받아들이시겠습니까?"

서커스단 주인은 결국 내 조건 모두를 받아들이기로 했다. 나는 하루에 3실링을 받고 계약이 끝나면 내가 입었던 옷은 모두 내가 갖기로 했다. 내가 쓸 침대와 캐러밴도 마련되었다. 대중 앞에 나서는 시간은 엄격하게 지켜졌고 그 외 나머지 시간은 내 마음대로 쓸 수 있었다.

그 일은 힘들지 않았다. 나는 아침 10시에서 12시, 낮 3시에서 5

시, 밤 8시에서 10시까지 공연을 했다. 내 거대한 몸에 딱 맞는 근사한 양복을 만들 재단사가 호출되었다. 내 머리를 자를 이발사도 소환되었다. 나는 공연 시간 중에 서커스단 주인이 인화한 수많은 내 사진에 사인을 했다. 그 사진들은 장당 3펜스에 팔렸다. 멍하니 입을 벌리고 있는 관중들에게 나는 하루에 두 번씩 내 여행 이야기를 들려주었다. 하지만 달이라는 단어는 결코 입에 올리지 않았다. 난 단지 '외국 땅'이라고만 했는데 사실 맞는 말이기도 했다.

드디어 자유의 몸이 되는 날이 왔다. 계약이 끝났고 나는 주머니에 든 3파운드 15실링과 등에 멘 훌륭한 정장을 가지고 어디든 갈 수 있게 됐다. 나는 퍼들비 방향으로 가는 첫 마차를 잡아탔다. 물론 마차를 여러 번 갈아타야 했고, 퍼들비까지 가는 마차로 갈아타기 전에 한 번은 밤에 이동을 멈춰야 했다.

가는 길에 만난 모든 사람들이 내 큰 덩치에 놀라 입을 벌린 채 나를 바라보았다. 하지만 이젠 크게 개의치 않았다. 나는 내가 적어도 위협적으로 보이지 않는다는 걸 알고 있었다.

마침내 퍼들비에 도착한 나는 박사님 집으로 가기 전에 먼저 부모님을 뵙기로 했다. 물론 그건 끔찍한 시간을 미루는 것에 불과했다. 하지만 어쨌든 내게는 부모님의 걱정을 덜 어드려야 한다는 훌륭한 변명거리가 있었다.

부모님은 항상 그렇듯 나를 반갑게 맞았고 내가 어디에 갔었는지, 뭘 했는지 궁금해 했다. 그런데 놀라운 건 부모님은 내가 말도 없이 떠났는데도 침착하셨다는 사실이었다. 놀랍게도 부모님은 박사님 역시 수수께끼처럼 사라졌다는 얘기를 듣고도 예전과 달리 별 걱정을 하지 않으셨던 것이다. 모든 사람들이 박사님을 믿듯이, 부모님 또한 박사님을 신뢰했다. 박사님이 사라졌는데 나도 함께 갔다면 아무 문제도 없을 게 자명했다.

내 체구가 비정상적으로 커졌는데도 부모님이 한눈에 알아보자 너무 기뻤다. 부모님은 마치 내가 카이사르라도 된 것처럼 자랑스러워하는 것 같았다. 우리는 벽난로 앞에 앉았고 나는 내가 겪은 모험담을 기억나는 대로 부모님께 들려주었다.

부모님은 평범한 사람인데도 내가 들려준 그 터무니없는 달 여행 이야기를 단 한 치의 의심 없이 받아들이는 게 이상했다. 난 매슈 머그 씨 말고는 내 말을 곧이곧대로 받아들일 사람이 이 세상에 단 한 명도 없을까 봐 걱정하던 참이었다. 부모님은 언제 박사님이 돌아올 것 같냐고 내게 물었다. 나는 폴리네시아가 말한 대로 존 둘리틀 박사님이 달에서 출발할 때 내게 알리기 위해 두 번째 연기 신호를 보낼 거라고 부모님에게 말했다. 하지만 난 박사님이 자신을 그렇게 절실히 필요로 하는 곳을 쉽게 떠날 수 있을지 확신할 수 없었다. 내가 박사님을 버려두고 온 나 자신을 자책하며 감정을 억누르지 못하자 두 분 모두 그 이상으로 잘 할 수는 없었다면서 나를 위로하셨다.

어머니는 내게 둘리틀 식구들에겐 알리지 말고 그날 밤엔 부모님 집에 머물라고 하셨다. 어머니는 녹초가 된 내가 극도로 지쳐 보인다고 말씀하셨다. 그리하여 나는 끔찍한 시간을 좀 더 미루기 위해 피곤하다고 되뇌면서 잠자리에 들었다.

다음 날 난 동물 먹이 장수 매슈 머그 씨를 찾아 나섰다. 난 '큰 정원이 딸린 작은 집'에 모습을 드러낼 때 매슈가 조금만 도와주길 바랐다. 그런데 매슈가 달과 우리의 여행에 관해 정신없이 묻는 바람에 그 모든 질문에 대답하느라 꼬박 두 시간을 보내야 했다.

결국 박사님 집에 도착했다. 내 손이 대문 걸쇠에 닿기도 전에 동물 식구들이 나를 에워쌌다. 빈틈없는 파수병 투투가 우리가 떠난 이후 내내 경계를 늦추지 않았는지, 녀석이 부엉부엉 하고 한 번 울자 마치 화재경보가 울린 것처럼 동물 식구 모두가 앞 정원에 모여들었다. 엄청나게 커진 내 체구와 바뀐 외모를 본 동물 식구들의 감탄사로 사방이 시끌벅적했다. 하지만 그들의 마음속에는 나에 대한 의심이 단 한 치도 없었다.

그때 내가 혼자 돌아온 걸 알게 된 동물 식구들 사이에서 별안간 묘한 침묵이 흘렀다. 그들에게 둘러싸인 채 난 집으로 들어가서 부엌으로 향했다. 그리고 박사님이 우리에게 이야기를 들려주곤 했던 불가에 앉아서 우리가 달에 간 이야기를 죄다 들려주었다.

이야기가 끝나자 거의 모두 눈물을 흘렸는데 특히 거브거브는 목 놓아 울부짖었다.

"우린 박사님을 다시는 못 볼 거야. 걔네들이 박사님을 절대 보내 주지 않을 거라구. 아, 토미, 넌 어떻게 박사님을 두고 올 수가 있니?"

지프가 말을 잘랐다. "아, 조용히 좀 해! 토미는 어쩔 수가 없었

"걱정하지 마, 토미. 박사님은 돌아올 거야."

어. 납치된 거였다구. 토미가 말했잖아? 걱정하지 마. 연기 신호를 기다리면 돼. 존 둘리틀 박사님은 우리한테 다시 돌아올 거야. 겁내지 마. 박사님이 폴리네시아랑 같이 있다는 걸 기억하라구."

흰쥐가 찍찍거렸다. "맞아! 폴리네시아가 방법을 찾아낼 거야."

대브대브가 한쪽 날개로 눈물을 닦고 다른 한쪽으로는 빵 도마에 앉은 파리들을 찰싹 때리며 훌쩍거렸다. "난 걱정 안 해. 그런데 박사님이 없는 이곳은 좀 쓸쓸한걸."

투투가 웅얼거렸다. "쯧쯧! 박사님은 당연히 돌아올 거야!"

그때 창문을 두드리는 소리가 났다.

대브대브가 말했다. "치프사이드야. 토미, 녀석을 들여보내 줘."

내가 창문을 열자 런던 토박이 참새가 퍼덕이며 들어와서는 부엌 식탁에 앉았다. 그러더니 대브대브가 꼼꼼히 치웠는데도 남아 있는 빵 부스러기를 줍기 시작했다. 투투가 치프사이드에게 두 문장으로 상황을 설명했다.

참새가 말했다. "세상에! 저런! 다들 왜 그렇게 죽을상을 하고 있어? 존 둘리틀 박사님이 달에 갇혔다고? 터무니없는 생각이야! 말도 안 돼! 박사님은 어디에도 갇힐 사람이 아냐. 세상에! 대브대브! 넌 식탁을 치울 때 먹을 만한 건 하나도 남기지 않는구나. 이 집에서 사는 쥐들은 날씬한 몸매를 유지하는 데 전혀 문제가 없겠어."

그렇게 이야기는 끝이 났다. 그리고 난 옛집에 돌아와서 기뻤다. 난 보통 음식을 먹기만 하면 내가 원래 크기로 돌아가는 건 시간문제라는 걸 알고 있었다. 그동안은 내가 원하지 않는 사람은 만날 필요가 없었다.

난 과일나무의 가지를 치고 마구간에 있는 늙은 말이 편안하도록 보살피는 등 박사님 집을 잘 가꾸기 위해 최선을 다했다. 그리고 그해가 흘러가는 동안 지프와 투투와 나는 달이 보이는 밤마다 두 명씩 번갈아 밖에 앉아서 연기 신호를 기다렸다. 그러다 날이 밝으면 낙심하고 속상한 채 집에 들어가곤 했는데 그럴 때마다 지프가 내 다리에 자신의 머리를 문지르면서 이렇게 말하곤 했다.

"걱정하지 마, 토미. 박사님은 돌아올 거야. 박사님이 폴리네시아와 함께 있다는 걸 기억해. 둘이 힘을 합쳐서 방법을 찾아낼 거야."

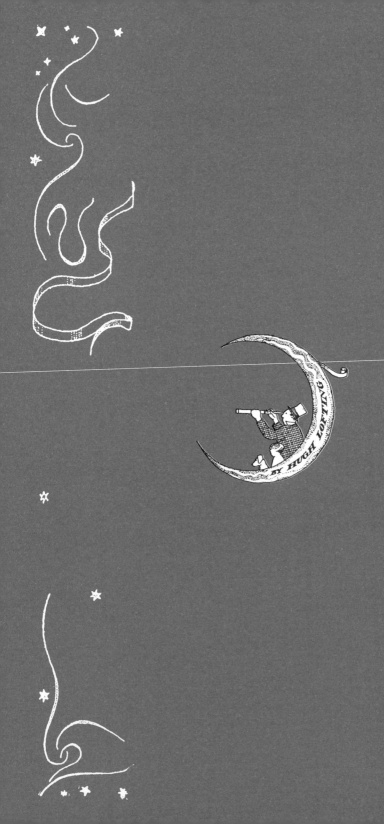

BY HUGH LOFTING